KB236558

범우문고 130

중용·대학

차주환 옮김

범우사

이 책을 읽는 분에게

1. 중 용

《중용(中庸)》은 도학(道學)의 심오한 뜻을 천명하고 그 실천의 요리(要理)를 보여주는 글이다. 《중용》 첫머리에서는 "하늘이 시키는 것을 성(性)이라 하고, 성에 따르는 것을 도(道)라 하고, 도를 닦는 것을 교(教)라고 한다"는 말을 내세워서 도의 뜻과 그 실천 방향을 알려주었다. 도의 깊이를 체득하고 그것을 실천하기에 힘쓰는 사람이 다름 아닌 도학자인 것이다.

《중용》에서는 사람을 크게 군자(君子)와 소인(小人)으로 나누고 '중용'을 그 구분의 표준으로 삼았다. 제2장에 공자의 말씀으로 이런 대목이 나온다.

"군자는 중용에 따르고 소인은 중용을 이긴다. 군자가 중용을 따름은 군자로서 그때그때에 맞게 구는 것이고, 소인이 중용을 어김은 소인으로서 기탄 없이 구

8

는 것이다."

　과불급(過不及)이 없는 가장 합당한 이치에 따라서 살아가는 것이 중용의 실천이라는 결론을 얻게 된다. 《중용》은 말하자면 철저한 합리주의를 지향하는 실천 철학을 다룬 글이라 하겠다.

　《중용》은 《예기(禮記)》 49편 중의 제31편으로 들어 있는데 후에 그 내용의 중요성 때문에 단행본으로 만들어지게 된 것이다.

　《예기》〈중용설〉편 당(唐) 공영달(孔穎達)의 소(疏)에는 다음과 같은 후한(後漢) 때 학자 정현(鄭玄)의 설이 인용되어 있다.

　"중용이라고 이름한 것은 그것이 중화(中和)의 작용을 기록한 것이기 때문이다. 용(庸)은 용(用)의 뜻이다. 공자의 손자 자사(子思) 급(伋)이 그것을 지어서 성조(聖祖 : 공자)의 덕을 밝히어 드러낸 것이다. 《별록(別錄)》에서는 통론(通論)에 속해 있다."

　이 정현의 설에는 《중용》이 중화의 작용을 쓴 것이라는 중용의 풀이와 연결되는 견해와 《중용》은 자사가 공자의 덕을 뚜렷이 드러낼 목적으로 저술했다는 《중용》의 저자와 저술목적, 그리고 전한(前漢) 때의 《중용》의 서지학적 분류 등 몇 가지 중요한 점이 제시되어 있다. 그러나 이러한 정현이 제시한 몇 가지 점에 관해 이설이 없는 것은 아니다.

　자사(子思)는 공급(孔伋)의 자(字)로, 공리(孔鯉)의 아들이고 공자의 손자이다. 자사는 노목공(魯繆公)의 스승이라고 전해지고 있다. 후세에 자사가 공자의 덕을 천명했다는 것을 기려 그를 술성(述聖)으로 부르기도 했다. 그가 《중용》을 저술했다는 말이 고기록에 보이기 때문에 대체로 의심할 여지가 없는 것으로 여겨져왔다. 그리고 그의 저술이 《예기》의 〈중용설〉두 편에 그치지 않고 그 밖에도 저술이 더 있었던 것으로 전해진다.

《중용》을 《예기》에서 따로 독립시켜 단행본으로 다루기 시작한 것이 어느 때부터인가는 분명치 않다. 《한서(漢書)》〈예문지(藝文志)〉육예략(六藝略) 예류(禮類)에 〈중용설〉두 편이 저록되어 있다. 그리고 《수서(隋書)》〈경적지(經籍志)〉에는 남송(南宋) 대옹(戴顒：378~441)의 《예기중용전》 2권이 저록되어 있다. 그리고 양 무제(梁武帝：재위 502~549)의 《중용강소(中庸講疏)》 1권과 《사기제지중용의(私記制旨中庸義)》 5권이 저록되어 있다. 모두 《중용》을 독립시켜서 다룬 것들이기는 하나 산일되고 전하지 않는다.

당(唐) 이고(李翶：772~841)는 《복성서(復性書)》를 냈는데 이것은 《중용》의 주소(注疏)라 하여도 과언이 아닌 성격의 것이다. 또한 이고는 〈중용설〉을 냈는데 이것은 획기적인 중용표징직입(中庸表章作業)이리 할 수 있다. 북송(北宋)에 내려와서는 《중용》을 존중하는 기풍이 성행해서 호경(胡瑗), 진양(陳襄), 여상(余象), 교집중(喬執中), 사마광(司馬光), 장방평(張方平), 요자장(姚子張), 범조우(范祖禹) 등 많은 사람들이 각기 《중용》의 강해 또는 논설을 써냈으며 범중엄(范仲淹 : 989~1053)은 장재(張載, 橫渠 : 1020~1107)에게 《중용》을 강수하였다. 정호(程顥, 明道 : 1032~1085)와 정이(程頤, 伊川 : 1033~1107) 형제는 《중용》이 공문 제자(孔門弟子)가 전수한 심법(心法)이라고 하여 그 가치를 극도로 높이 평가하고 《중용》을 《논어(論語)》《맹자(孟子)》《대학(大學)》과 함께 학인(學人)의 필독서로 하여 그 지위가 더욱 확고해졌다. 남송(南宋)에 내려와서는 주희(朱熹, 晦庵 : 1130~1200)가 정씨 형제의 설을 계승 발전시켜 《중용장구(中庸章句)》를 지어낸 후부터는 《중용》은 더욱 널리 읽혀지게 되었다.

주희는 《중용》의 깊은 뜻을 연구하는 데 실로 오랜 세월을 소비하였다. 주희가 《중용장구》를 낸 것은 순희(淳熙) 16년(1189)이었다. 《예기》의 〈중용설〉은 본래 33절로 되어 있는데 정씨는 그것이 타당하지 않다고 하여 37절로 나눴고 주희는 다시 그것을 33장으로 하여 주해를 붙였다. 주희의 〈중용장구서(中庸章句序)〉는 그의 〈대학장구서(大學章句序)〉와 더불어 극히 잘된 글로 평가되어 학인들 사이에 널리 애송되는 바 되었다. 그리고 〈중용장구서〉에는 주희 자신의 사상과 《중용》에 대한 그의 견해가 뚜렷하게 표명되어 있어 더욱 중요시되어왔다. 주희는 이 서(序)에서 《중용》은 "자사자가 도학이 그 전통을 잃게 될까 근심하여 지은 것이다”라고 하여 도통(道統)의 전승을 서술하고 있다. 그가 내세운 도학의 전수 내용을 《위고문상서(僞古文尙書)》〈대우모(大禹謨)〉에서 “인심은 위험하고 도심은 미세하니, 오직 정밀하고 오직 한결같아야 진실로 그 중용을 잡게 된다(人心惟危 道心惟微 惟精惟一 允執厥中)”라고 하여 인심과 도심을 논하고 나서 도심이 늘 몸의 주인이 되고, 인심은 언제나 도심의 명령에 복종해야 한다고 주장했다.

이러한 도학의 전통, 곧 도통은 주희의 논조에 따르면, 요(堯), 순(舜), 우(禹), 탕(湯), 문(文), 무(武), 고요(皋陶), 이윤(伊尹), 부열(傅說), 주공(周公), 소공(召公), 공자(孔子), 안회(顏回), 증삼(曾參), 자사(子思), 맹자(孟子), 정씨 형제(程氏 兄弟), 주희(朱熹) 자신으로 전승되어 내려온 것이 된다. 주희는 자사가 요순 이래로 전승되어 내려온 뜻의 근본을 추구하고 그것을 그가 평소에 들은 사부의 말씀을 가지고 대증하여 번갈아 풀어나가 이 《중용》을 만들어 후세의 배우는 사람들에게 일러준 것이라고 《중용》의 구성에까지 언급하였다. 그리고 주희는 정씨 형제가 《중용》을 표장(表章)한 것은 유가의 이단인 노·불(老佛) 이가(二家)의 이른바 사이비실을 물리치기 위한 것이었음을 강조했다. 정씨 형제와 주희의 《중용》 표장은 유학사(儒學史)에서 큰 의의를 차지한다.

2. 대 학

일반적으로 유학(儒學)의 본령(本領)을 "修己治人의 道", 곧 자기 자신의 덕을 닦아 다른 사람들을 다스린다는 말로 요약한다. 《대학》에는 바로 수기치인하는 기본정신과 자근지원(自近至遠)하는 그 전개방식이 조리 정연하게 서술되어 있다. 《대학》의 기본정신과 전개방식을 3강령(綱領) 8조목(條目)으로 합칭하기도 한다. 우리가 상식적으로 다 알고 있는 바와 같이, 3강령은 명명덕(明明德), 친민(親民), 지어지선(止於至善)이고, 8조목은 격물(格物), 치지(致知), 성의(誠意), 정심(正心), 수신(修身), 제가(齊家), 치국(治國), 평천하(平天下)이다. 8조목의 후반인 '수신제가 치국평천하'를 '수제치평(修齊治平)'으로 요약하기도 하는데, 이 수제치평의 도리는 지선(至善) 곧 최고선을 구심점으로 하여 전개되어 있다. 그리고 그 의의는 오늘날까지도 새롭게 받아들여지고 있다. 3강령의 귀결점인 '지어지선(止於至善)'은 결국 중용의 실천과 다를 바가 없다.

《대학》은 《중용》의 경우와 마찬가지로 《예기》 49편 중의 제42편으로 들어 있었던 것을 후세에 그 내용의 중요성 때문에 단행(單行)하기에 이른 것이다. 전한(前漢)의 유향(劉向 : B. C. 77~6)은 그의 《별록》에서 《대학》을 통론류(通論類)에 넣었다. 유향이 《대학》을 통론류로 다룬 것은 《대학》이 유학을 개론한 저작이라고 보았기 때문이라 하겠다. 송대(宋代) 이전에는 단행한

《대학》이 전해지지 않는 것으로 보아 한당(漢唐) 시대에는 《대학》이 그리 존중되지 않았음을 알 수 있다. 북송 때에 접어들어 사마광(司馬光 : 1019~1086)이 《중용대학광의》를 저술하게 되어 《대학》은 비로소 《중용》과 병칭되면서 《예기》에서 따로 다루어지기 시작한 것이다. 또 북송 인종(仁宗)이 천성(天聖) 8년(1030)에 신급제자(新及第者) 왕공진(王供辰) 등에게 《대학》을 《예기》에서 따로 떼어 하사해서 《대학》이 독립되어 다루어지기에 이른 것이다. 이어 정호와 정이 형제는 《대학》을 '초학입덕지문(初學入德之門)'이라고 하여 《논어》 《맹자》 《중용》과 대등하게 다뤄 연구 검토를 가했다. 남송에 내려와 주희가 정씨 형제의 뜻을 받들어 《대학》을 숭상하고 정이의 《대학정전(大學正傳)》을 기초로 하여 경(經) 1장과 전(傳) 10장(제5장은 주희가 보충함)으로 구분하고 거기에 주해를 붙여 《대학장구(大學章句)》를 냈다. 그리고 그는 논맹용학(論孟庸學)을 사서(四書)로 합편했다. 이 단계에 와서 《대학》은 세상에서 널리 읽히고 연구되었다.

대학은 중국 고대의 최고 학부로 소학과 상대되는 학교의 명칭이었다. 《대학》은 결국 최고 학부인 대학의 교육이념을 적어놓은 책이라고 할 수 있다. 그러나 이 《대학》의 뜻에 관해 고래로 두 가지 이설(異說)이 있어왔다. 《대학》을 '대인지학(大人之學)'이라고 풀이할 경우, 대인을 평민인 소인에 대한 치자(治者)의 뜻으로 보면 대인지학은 치자의 학문이라는 뜻이 된다. 대인을 어린이인 소인에 대한 성인(成人)의 뜻으로 보면 대인지학은 성인의 학문이라는 뜻이 된다. 정현은 다음과 같이 말했다. "대학이라고 이름한 것은 그 기술(記述)이 넓은 학문이어서이고, 그것으로 정치를 할 수 있어서이다(名大學者 以其記博學可以爲政也)." 이것을 "대학이라고 이름한 것은 그 기술이 넓어 배워서 정치를 할 수 있어서이다"라고 읽기도 한다. 구두(句讀)를 "以其記博, 學可以爲政也"로 찍어서 읽은 것이다. 어떻든 정현은 《대학》을 '박대지학(博大之學)'으로 본 것이다. 주희는 《대학》을 '대인지학'으로 풀이했다. 《소학》이 어린아이인 '소인지학'인데 비해 《대학》은 장성한 사람인 대인의 학문이라는 의미이다. 치자의 학문이라는 것과 성인의 학문이라는 것은 결국 《대학》의 두 가지 면을 말한 것이 된다. 《대학》은 장성한 사람이 배우는 것이고, 그 내용은 이른바 수기치인의 학문인 것이다.

《대학》의 작자에 관해서는 한당(漢唐)의 학자들은 언급이 없다. 정씨 형제는 《대학》을 공씨(孔氏)의 유서(遺書)라고 하였을 뿐 누구의 저술이라는 것은 밝히지 않았다. 주희는 경(經) 1장 말미에서 "이것은 공자의 말씀이었는데, 증자(曾子)가 그것을 진술하였다. 전(傳) 10장은 증자의 생각이었는데 그의 문인이 그것을 기록했다"고 하여 경 1장은 증자가 쓰고 그 나머지, 곧

전 10 장은 증자의 문인이 쓴 것이라고 분명하게 말했다. 이것은 주희가 사상의 체제나 서술의 차서를 감안해서 추단(追斷)한 것이고 확실한 근거가 있어서 그렇게 말한 것은 아니다. 따라서 주희의 이 주장과 다른 견해도 여러 가지 나오게 되었던 것이다.

근세에 와서 《대학》의 구성과 내용을 검토하는 데 따라 《대학》은 사서(四書) 중에서 가장 늦게 나온 것이고 저작 시대도 한대(漢代)까지 끌어내려서 보는 경향이 많아졌다. 《대학》은 강령과 조목이 뚜렷이 서 있는, 조직이 엄밀한 의론체(議論體)의 글로 되어 있어 단편적인 언행의 기술로 엮어진 《논어》와 《맹자》와는 글의 격이 다르고, 기언체(記言體)와 의론체가 섞여 있는 《중용》과도 같지 않다. 《대학》의 작자가 분명치 않고 지어진 시대가 늦다 하더라도 《논어》《맹자》《중용》 등의 뜻을 보충 설명하는, 유가의 중요한 저술로서의 가치는 감쇄되지 않는다.

《예기》에 편입되어 있는 《대학》의 구본(舊本)에는 정현의 주(注)와 공영달(孔穎達)의 소(疏)가 들어 있다. 그 밖에 송(宋) 위식(衛湜)의 《예기집설(禮記集說)》 160권에도 《대학》의 주(注)가 들어 있다. 정·공·위 삼가(三家)의 주석은, 다 《대학》의 고주(古注)이다.

수희는 정씨 형제가 《대학》의 구본에 연토(硏討)를 가한 것을 토대로 하여 다시 대담하게 재정증보(裁定增補)를 가해가지고 경 1 장 205 자, 전 10 장 1546 자의 교정본 《대학》을 만들어냈다. 주희는 그의 교정본에서 착간(錯簡)으로 인정되는 부분을 많이 개동(改動)하였다. 그리고 전 제5장은 그 원문이 없어졌다고 단정하고 주희 자신이 1장의 글을 새로 써서 보충하였는데 이것이 유명한 보망장(補亡章)이다. 이 주희의 보망장은 그의 〈대학장구서〉와 함께 문장도 좋고 주희의 사상 내지 학설이 박력 있게 표출되어 있어 그가 정리한 《대학》 원문과 함께 원(元)·명(明)·청(淸)에 걸쳐 널리 애송되었다.

　이러한 주희의 장구본(章句本)이 나온 후부터 《대학》은 주로 주희의 교정본과 주석이 읽히게 되었고, 구본과 고주는 돌보는 사람이 드물어지게 되었다. 《대학》을 경1장과 전10장으로 구분한 것이라든지, 착간을 정리하고 보망장을 지어넣은 것이라든지, 엄연한 자세로 자신만만하게 씌어진 돌발적인 주석이라든지 하는 것은 다 주희의 탁월한 천재성이 발휘된, 근면하고 철저한 연구의 결과로 얻게 된 뛰어난 업적이어서 학인의 경탄을 자아내기에 충분하고 아울러 그 공로가 지대하다. 다만 주희의 이러한 고전의 구본을 대폭적으로 개정 증보하는 정리작업에는 자연 주관에 기울어진 무리를 완전히는 극복하기 어려우므로 그러한 작업의 결과가 모든 사람을 남김없이 다 만족시키기를 기대할 수는 없다. 주희의 설에 대한 비판과 아울러 여러 가지 이설이 나오게도 되었고 주희의 《대학》 교정에 무단(武斷)이 많은 것을 비난하는 일이 생겨나게도 되었다. 그렇기는 하나 주희의 《대학장구》는 그의 《중용장구》와 함께 오늘날까지도 유학사(儒學史)에서 움직일 수 없는 확고한 지위를 차지하고 있다.

본 〈중용·대학 역주〉는 주희의 《중용장구》와 《대학장구》를 대본으로 하여 번역과 주석을 붙인 것으로, 필요한 경우에는 고주나 타가설(他家說)을 소개하기도 하였다. 《중용》과 《대학》은 다 짧은 글이기는 하나 우리 선현들을 포함하여 옛 지식인들은 주로 주희의 장구본으로 철저하게 암송하고 거기서 인생살이의 지침을 구해 실천하기에 힘썼다.

옮긴이

차례

朱　熹[1]

中庸章句序 [2]

《중용》은 무엇 때문에 지었는가? 자사자(子思子)[3]가 도학(道學)[4]이 그 전통을 잃게 될까 근심하여 지은 것이다.

상고(上古)에 신성한 사람이 하늘의 명을 이어받아 법칙을 세우면서부터 도통의 전승이 시작되어 내려왔다. 그것이 경서(經書)에 나타나 있는 것으로는,

진실로 그 중용을 잡을지니라.[5]

는 요(堯)가 순(舜)에게 전수한 것이고,

인심(人心)은 위험하고 도심(道心)은 미세하니, 오직 정밀하고 오직 한결같아야 진실로 그 중용을 잡게 된다.[6]

는 순(舜)이 우(禹)에게 전수한 것이다. 요의 한 마디는 진선진미(盡善盡美)한데, 순이 다시 그것에다 세 마디를 더 보탠 것은, 요의 한 마디는 반드시 그렇게 하여야 해나갈 수 있음을 밝힌 것이다.

이것을 논해보기로 한다. 마음의 묘한 지각력은 하나일 따름인데, 인심과 도심의 차이가 있다고 하는 것은, 마음이 어떤 때에는 몸의 기질의 사사로움에서 생겨나고 어떤 때에는 본성의 명령의 올바름에서 일어나고 하여, 지각력을 발휘하는 것이 달라지기 때문이다. 이러한 까닭에 어떤 때에는 위태하고 불안하며 어떤 때에는 미묘하고 알기 어려워지는 것이다. 그러나 사람은 그러한 몸을 다 지니고 있기 때문에 가장 지혜로운 사람이라 하더라도 인심이 없을 수 없고, 역시 그러한 본성을 다 지니고 있기 때문에 가장 우매한 사람이라 하더라도 도심이 없을 수 없는 것이다. 두 가지가 한 치 사방의 좁은 틈에 뒤섞여 있는데[7] 그것을 다룰 길을 모르면 위태한 것은 더욱 위태해지고, 미세한 것은 더욱 미세해져서 하늘의 이치의 공변됨이 사람의 욕구의 사사로움을 이겨낼 길이 없어진다. 정밀하면 두 가지의 거리를 살펴서 뒤섞지 않는다. 한결같으면 본심의 올바름을 지키고 거기서 떠나가지 않는다. 이러한 데 종사하여 간단없이 계속하면 도심이 늘 온몸의 주인이 되고, 인심은 언제나 그 명령에 복종한다. 그렇게 되면 위태로운 것은 안정되고 미세한 것은 뚜렷해지며, 행동과 언어는 그것대로 지나치거나 모자라는 착오가 없어지게 된다.

요·순·우는 천하의 위대한 성인들이다. 천하를 전해주는 것은 천하의 위대한 일이다. 천하의 위대한 성인으로 천하의 위대한 일을 하였는데, 그들이 주고받을 때 간곡하게 권고하고 경계한 것이 이와 같음에 지나지 않았으니, 천하의 이치에 어찌 또 보탤 것이 있겠는가?

그때부터 성인과 성인이 서로 계승하여 내려왔으니, 성탕(成湯)·문왕(文王)·무왕(武王) 같은 군주들과 고요(皐陶)·이윤(伊尹)·부열(傅說)[8]·주공(周公)·소공(召公) 같은 신하들은 다 이미 이것을 실천함으로 도통(道統)의 전승을 이었다. 우리 공부자(孔夫子) 같은 분은 비록 합당한 지위를 얻지 못하였기는 하나, 과거의 성인을 계승하고 미래의 배울 사람들을 계발하였으니, 그의 공로는 도리어 요·순의 그것보다 훌륭한 것이 있다. 그러나 그 때에는 알아보고서 이해한 것으로는 오직 안씨(顔氏)[9]와 증씨(曾氏)[10]의 해의(解義)가 그 정통을 이어받았다. 증씨가 두 번째로 전하여 또 공부자의 손자 자사(子思)가 나왔으나, 그 때는 성인의 시대에서 멀어져 있었고 이단이 생겨났다.

자사는 오래 될수록 더욱 노봉의 진수를 잃게 될까 두려워하였다. 그래서 요·순 이래 전승되어 내려온 뜻의 근본을 추구하고 그것을 평소에 들은 사부의 말씀을 가지고 대증(對證)하여 번갈아 풀어나가 이 책을 만들어 후세의 배우는 사람들에게 일러준 것이다. 그가 근심한 것이 심각하였기 때문에 그가 말한 것이 절실하고, 그가 염려한 것이 원대하였기 때문에 그가 설명한 것이 상세하다. 그가 ‘하늘이 명하는 것’, ‘본성에 따르는 것’이라 한 것은 도심을 말한 것이고, 그가 ‘선을 가려내서 굳게 잡는다’고 한 것은 정밀함과 한결같음을 말한 것이고, 그가 ‘군자는 그때 그때에 적중하게 산다’고 한 것은 중용을 잡고 나감을 말한 것이다. 세대가 뒤떨어진 것이 일천여 년이었는데도 그 말이 다르지 않은 것이 부절(符節)을 맞춘 것 같다. 옛 성인들의 글을 두루 골라서 강령을 세우고 심오한 뜻을 천명한 것으로서는, 이토록 분명하고 상세한 것은 없었던 것이다.

이 때부터 또다시 전하여 맹씨(孟氏)가 나와 이 책을 부연·설명하여서 옛 성인의 도통을 계승하였다. 그가 세상을 떠나게 되자 드디어 그 전승이 끊어졌다. 그렇게 되고서는 우리 도가 기탁한 곳이라고는 언어문자의 테두리를 넘어서지 못하였는데,[11] 이단의 설은 날로 새로워지고 달로 성하여졌고, 노(老)·불(佛) 이가(二家)의 무리들이 나오게 되어서는 더욱 이치에 가까워지는 듯하면서 진리를 대단히 어지럽히게 되었다. 그러나 다행히 이 책이 인멸되지 않았기 때문에 정부자(程夫子) 형제가 나와 연구한 것이 있어서, 일천 년토록 전하지 않은 실마리를 이을 수 있게 되었고, 의거할 데가 있어서 이가(二家)[12]의 사이비한 것을 물리칠 수 있게 되었다. 자사의 공로는 이리하여 위대해졌거니와, 정부자가 나오지 않았던들 역시 그의 말에 따라서 그의 마음을 파악하지는 못했을 것이다. 애석하게도 그들이 직접 해설을 한 것은 전하지 않고,[13] 석씨(石氏)[14]가 집록(輯錄)한 것이 겨우 그의 문인(門人)이 기록한 데에 나올 뿐이다. 그래서 대의가 명백하기는 하나 미묘한 말은 분석되어 있지 않다. 그의 문인[15]이 독자적으로 해설한 것에 이르러서는, 비록 무척 상세하고 해명한 것이 많기는 하나, 그의 스승의 설에 위배되고 노·불의 설이 섞여 있는 것도 들어 있다.

나는 소년시절부터 그 책[16]을 읽어보고서는 혼자서 의문을 품고 있었다. 깊이 토구(討究)하기를 되풀이한 것이 또한 여러 해가 되어서, 하루는 황홀히 그 요령을 알게 된 것 같아졌다. 그렇게 되고 나서 감히 여러 설을 모아서 절충하였다. 이미 《중용장구》를 편술(編述)하여 후대의 군자들의 비판을 기다리기로 하였고, 한두 동지들이 다시 석씨의 책을 가지고 번잡·혼란한 것을 정리하여 그것을 《중용집략(中庸輯略)》이라고 이름을 붙였고, 또 그 동안 변론(辯論)·취사(取捨)한 뜻을 기록하여 따로 《중용혹문(中庸或問)》을 만들어서 그 뒤에다 부록하였다.

그렇게 하고 난 후에야 이 책의 뜻의 단락이 분명히

나타나고, 전후의 연락이 닿고, 상세한 데와 간략한 데가 서로 관련을 갖고, 큰 것 작은 것이 다 드러났다. 그리고 제가설(諸家說)의 이동(異同)과 득실(得失) 또한 이로써 자세히 다 알려지게 되어, 각각 그 취지를 철저히 나타낼 수 있게 되었다. 도통의 전승 여부는 감히 마구 논의할 수 없기는 하지마는, 처음 배우는 인사가 혹 여기서 취할 것이 있다면 한층 깊은 연구를 위한 도움이 되기를 바랄 뿐이다. [17]

순희 기유년 춘삼월 무신일에

신안 주희가 서문을 쓰다

中庸은 何爲而作也오 子思子憂道學之失其傳而作也시니라

蓋自上古로 聖神이 繼天立極 而道統之傳이 有自來矣라 其見於經則允執厥中者는 堯之所以授舜也요 人心은 惟危하고 道心은 惟微하니 惟精惟一이라서 允執厥中者는 舜之所以授禹也니 堯之一言이 至矣盡矣어시늘 而舜이 復益之以三言者는 則所以明夫堯之一言을 必如是而後可庶幾也라

蓋嘗論之컨대 心之虛靈知覺은 一而已矣어늘 而以爲有人心道心之異者는 則以其或生於形氣之私하고 或原於性命之正하여 而所以爲知覺者不同이라 是以로 或危殆而不安하고 或微妙而難見耳라 然이나 人莫不有是形이라 故로 雖上智나 不能無人心하고 亦莫不有是性이라 故로 雖下愚나 不能無道心하니 二者가 雜於方寸之間而不知所以治之면 則危者는 愈危하고 微者는 愈微하여 而天理之公이 卒無以勝夫人欲之私矣리라 精則察夫二者之間而不

雜也요 一則守其本心之正而不離也니 從事於斯하여 無所間斷하여 必使道心으로 常爲一身之主하고 而人心으로 每聽命焉이면 則危者安하고 微者著하여 而動靜云爲 自無過不及之差矣리라

夫堯舜禹는 天下之大聖也요 以天下相傳은 天下之大事也니 以天下之大聖으로 行天下之大事하시되 而其授受之際에 丁寧告戒 不過如此하시니 則天下之理豈有以加於此哉리오

自是以來로 聖聖相承하시니 若成湯文武之爲君과 皐陶伊傅周召之爲臣이 旣皆以此而接夫道統之傳하시고 若吾夫子는 則雖不得其位나 而所以繼往聖開來學은 其功이 反有賢於堯舜者라 然이나 當是時하여 見而知之者는 惟顏氏曾氏之傳이 得其宗이러니 及曾氏之再傳而復得夫子之孫子思하여는 則去聖遠而異端起矣라

子思懼夫愈久而愈失其眞也라 於是에 推本堯舜以來相傳之意하고 質以平日所聞父師之言하여 更互演繹하여 作爲此書로 以詔後之學者라 蓋其憂之也深이라 故로 其言之也切하고 其慮之也遠이라 故로 其說之也詳하니 其曰天命率性은 則道心之謂也요 其曰擇善固執은 則精一之謂也요 其曰君子時中은 則執中之謂也니 世之相後가 千有餘年이로되 而其言之不異如合符節하니 歷選前聖之書컨대 所以提挈綱維하여 開示蘊奧가 未有若是其明且盡者也라

自是而又再傳하여 以得孟氏니 爲能推明是書하여 以承先聖之統이라 及其沒而遂失其傳焉하니 則吾道之所寄는 不越乎言語文字之間이요 而異端之說이 日新月盛하여 以至於老佛之徒出하여는 則彌近理而大亂眞矣라 然而尙幸此書之不泯이라 故로 程夫子兄弟者出하여 得有所考로 以續夫千載不傳之緒하고 得有所據로 以

斥夫二家似是之非하니 蓋子思之功이 於是爲大요 而微程夫子면
則亦莫能因其語而得其心也리라 惜乎라 其所以爲說者不傳이요
而凡石氏之所輯錄은 僅出於其門人之所記라 是以로 大義雖明이
나 而微言未析하고 至其門人所自爲說하여는 則雖頗詳盡而多所
發明이나 然이나 倍其師說而淫於老佛者 亦有之矣라

　　熹自蚤歲로 則嘗受讀而竊疑之하여 沈潛反復이 蓋亦有年이러니
一旦에 恍然似有以得其要領者라 然後에 乃敢會衆說而折其衷하
여 旣爲定著章句一篇하여 以俟後之君子하고 而一二同志로 復取
石氏書하여 刪其繁亂하여 名以輯略하고 且記所嘗論辯取捨之意하
여 別爲或問하여 以附其後하니 然後에 此書之旨 支分節解하여 脈
絡貫通하고 詳略相因하며 巨細畢擧하여 而凡諸說之同異得失이
亦得以曲暢旁通而各極其趣하니 雖於道統之傳에 不敢妄議나 然
이나 初學之士 或有取焉이면 則亦庶乎行遠升高之一助云爾니라

淳熙己酉春三月戊申

新安朱熹는 序하노라

---

1) 주희(朱熹 1130~1200), 자는 원회(元晦), 호는 회암(晦庵)이다.
운곡노인(雲谷老人)·창주병수(滄洲病叟)·둔옹(遯翁) 등으로
자서(自署)하기도 하였다. 사람들은 그를 고정선생(考亭先生)
이라고 칭하기도 한다. 관적(貫籍)은 휘주(徽州) 무원(婺源：
지금의 안미성), 무원은 남북조시대에 신안군(新安郡)이었으
므로, 그가 자서할 때에는 대개 '신안'을 썼던 것이다. 남송
고종(高宗) 건염(建炎) 4년(1130) 9월 15일에 남검주(南劍州)
우계현(尤溪縣：지금의 복건성)에서 태어나 영종(寧宗) 경원
(慶元) 6년(1200) 3월 9일 71세의 나이로 세상을 떠났다. 가태

(嘉泰)연간에 '문(文)'이라 증시(贈諡)되었고, 이종(理宗) 보경
(寶慶) 3년(1227)에 태사(太師)를 증위(贈位)하고, 신국공(信國
公)을 증봉(贈封)하였다가 휘국공(徽國公)으로 개봉(改封)되었
고, 순우(淳祐) 원년(1241)에 공자묘(孔子廟)에 종축(從祀)되었
다. 청(淸) 강희(康熙)연간에는 중국 10철(哲)의 하나로 받들
게 되었다.

주회는 송대의 대학자이며 사상가이며 교육자였다. 원·
명·청에 걸쳐 그의 사상과 저작과 교육방침이 정부를 비롯하
여 많은 사람들에 의해 존신(尊信)되는 바 되었고, 일반적으
로 그를 주자(朱子)라 존칭하여, 그의 이름을 부르지 않고 공
자와 맹자 다음으로 그를 높이 받들었다. 중국의 이러한 주자
학을 존중국과 일본의 주자학에 대한 열성이 중국의 그것을
능가하는 기세를 보일 정도에까지 이르렀다.

주회는 어려서부터 남보다 뛰어나게 총명했다. 그의 부친
송(松)은 청의(淸議)를 주장하다 진회(秦檜)에게 미움을 받아
벼슬을 버리고 은거하며 그의 아들을 가르쳤다. 회는 19세에
진사 급제하여 천주동안주부(泉州同安主簿)가 되었다. 24세 때
연평(延平)사람 이동(李侗)한테서 배웠는데, 동은 정이(程頤)
의 재전제자였다. 그래서 회는 이른바 낙학(洛學)의 정통을
계승·발전시키기에 이른 것이다. 효종(孝宗) 초년에 그는 상
서(上書)하여 문학과 도·불의 설을 배척하고, 《대학》의 이른
바 '사물을 바로 알고 참된 지혜를 이룬다. 뜻을 성실하게 하
여 마음을 바로한다(格物致知 誠意正心)'를 주장하여 이학으로
임금의 덕을 바로잡고자 하였으나, 받아들여지지 않았다. 융
홍(隆興) 원년(1163)에 소대(召對)하는 자리에서도 여전히 격
물치지를 논하였고, 대 금(金)정책에서는 항전방어(抗戰防禦)
를 주장하고 화의에 반대하였다. 그래서 당시의 집정자들과
맞지 않았다. 무학박사(武學博士)를 제수하였으나 사퇴하고 나

와 저서와 강학(講學)에 종사하였다. 순희(淳熙) 5년(1178), 그의 나이 49세 때 남강군을 다스리게 되어 민리(民利)를 도모하고 폐단을 제거하여 정교(政敎)가 잘 시행되었다. 그때 주돈이(周敦頤)의 사당을 건립하고 거기에 정호와 정이 형제를 배향(配享)하였고, 백록동서원(白鹿洞書院)을 중수(重修)하고 당시의 명유(名儒)를 초빙하여다 거기서 강학하게 하였다. 순희 8년 8월에 제거양절동로상평다염사(提擧兩浙東路常平茶鹽事)에 개임(改任)되어 제군(諸郡)에 사창법(社倉法)을 시행하기를 건의하였고 순희 9년에 동직에서 물러나 궁관(宮觀)의 한직에서 우유(優遊)하기를 5년 동안이나 계속하였다. 순희 15년에 소명(召命)을 받아 입경(入京)하여 연화전(延和殿)에서 일을 보았고, 16년에 비각수찬(秘閣修撰)을 제수하였다가 장주(漳州)에 개임되어, 거기에서 부세(賦稅)를 감하고 풍속을 개선하고 사경(四經)과 사자서(四子書)를 간행하였다. 이어 담주(潭州)에 개임되어 이료(夷獠)를 귀순시키고, 학교를 일으켜 교화를 밝혀 정적(政績)이 대단히 올랐다. 영종(寧宗)이 즉위하자 환장각시강(煥章閣侍講)을 제수, 《대학》을 진강(進講)하고, 조정의 예의에 관한 많은 의견을 발표하였다. 당시의 권신(權臣) 한탁위(韓侂冑)를 공박한 탓으로 몰려나왔다. 이리하여 간악한 도배들이 각방으로 그를 무함(誣陷)하고 그의 학설을 위학(僞學)이라 하여 배척하는 등 하여 경원(慶元) 2년(1196)에 관직에서 떨어졌다. 그는 그런 것에는 전연 개의하지 않고 제자들에게 강학하는 것과 미완성의 저작을 손질하는 일을 서둘렀다. 그의 문인으로 지금 그 이름을 알 수 있는 사람이 530여 명에 달한다. 그가 세상을 떠나자 장의(葬儀)에 회집한 사람이 수천 명에 달했다고 한다.

주희의 학술상의 공헌은, 유가설을 철저하게 정리하여 계통과 조리를 세우고 그것을 뒷받침하는 이론을 확립한 데 있다.

그는 결국 송대 초기부터 성행하기 시작한 이학(理學)을 집대성한 것이다. 그의 저작은 81종에 달한다. 그 중에서 가장 중요한 것이 《사서장구집주》 19권이다. 사서의 명칭은 주자에 의하여 확립되었다. 중국에서는 원 인종(仁宗) 황경(皇慶) 2년 (1313)부터 사서를 국가고시의 지정서로 쓰기 시작하였고, 명ㆍ청대에도 그것이 계속되었다. 그래서 주희의 집주는 학인의 필독서가 되었고, 경문과 거의 비등한 권위를 갖기에까지 이르렀다. 이 밖에 유가경전을 풀이한 것으로 《주역본의(周易本義)》 12권, 《역학계몽(易學啓蒙)》 4권, 《시집전(詩集傳)》 8권, 《의례경전통해(儀禮經傳通解)》 37권, 《효경간오(孝經刊誤)》 1권, 《사서혹문(四書或問)》 39권, 《논맹집의(論孟集議)》 34권, 《중용집략(中庸輯略)》 2권 등이 있다. 역사에 관한 것으로는 《통감강목(通鑑綱目)》 59권(범례는 주희가 수정(手定)한 것이고, 강목은 다 그의 문인이 지은 것임), 《이락연원록(伊洛淵源錄)》 14권, 《송명신언행록(宋名臣言行錄)》 24권 등이 있다. 이 밖에 여조겸(呂祖謙)과의 합작한 《근사록(近思錄)》 《소학서(小學書)》 《문공가례(文公家禮)》 등도 구시대에 널리 읽히고 연구된 그의 주요 저술들이다. 그가 지은 시와 문장을 모은 것으로 《주자대전집(朱子大全集)》 112권이 있다.

2) 《중용》은 본래 《예기》의 제31편으로 들어 있던 것인데 한대(漢代)부터 이미 단행본으로 다루어지기 시작하였다. 《한서》〈예문지(藝文志)〉에는 〈중용설(中庸說)〉 2편이 저록(著錄)되어 있고, 《수시(隋書)》〈경적지(經籍志)〉에는 대옹의 《중용전(中庸傳)》 2권, 양 무제의 《중용강소(中庸講疏)》 1권이 저록되어 있다. 송대에 들어와 정호ㆍ정이 형제가 공문(孔門) 제자가 전수한 심법(心法)이라고 《중용》의 가치를 극도로 높이 평가하고, 주희가 정씨 형제의 설을 계승 발전시켜 《중용장구》를 지어 《논어》《맹자》《대학》과 함께 사서로 통용되면서부터 널리

읽히게 되었다. 지금 《예기》에 들어 있는 《중용》은 불과 1편이나, 《중용》 47편이라는 과거의 기록이 있는 것으로 보아, 본래 《중용》으로 불린 책은 지금의 그것과는 같지 않았으리라는 것을 짐작하게 된다.〔공총자(孔叢子)의 〈거위편(居衛篇)〉, 당 이고의 《복성서(復性書)》, 송 조열지(晁說之)의 《중용전(中庸傳)》, 정초(鄭樵)의 《육경오론(六經奧論)》 등에 《중용》 47편이 언급되어 있다.〕《사기(史記)》 〈공자세가〉에는 자사가 《중용》을 지었다고 하였고, 공영달(孔穎達)의 《예기》 중용정의(中庸正義)에 인용된 정현(鄭玄)의 3례 목록에는 공자의 손자 자사 급(伋)이 《중용》을 지어서 성조(聖祖 : 공자)의 덕을 소명(昭明) 하였다고 하였다. 그런데 《한서》 〈예문지〉에는 제자략(諸子略) 유가류(儒家類)에 〈자사〉 23편이 저록되어 있고, 양 완효서(阮孝緖)의 칠록(七錄)에는 〈자사자〉 7편이 들어 있다. 《양서》 〈음악지(音樂志)〉에 인용된 침약(沈約)의 말에 의하면 〈중용〉 〈표기(表記)〉 〈방기(坊記)〉 〈치의(緇衣)〉(이상 모두 《예기》에 들어 있음)는 모두 《자사》에서 취한 것들이다. 그리고 고주(古注) 유서(類書) 등에 《자사자》로 인용된 어구가 지금의 《중용》의 그것과 같은 것이 보인다. 지금에 와서는 47편본 《중용》과 《자사자》와의 관계가 어떠하였는지는 모르겠으나(같은 책의 이명(異名)이었으리라고 추측되고 있음), 그 두 군데에 다 《예기》의 《중용》이 그 일부로 들어 있었으며 지금의 《중용》이 고대 중용으로 불리던 것과는 특히 분량에 있어 현격한 차이가 있음을 알 수 있다. 《예기》에 취해진 부분의 《중용》이 어떠한 표준 내지 방법으로 편정(編定) 되었는가는 지금에는 알 길이 없다. 더욱이 청 주이존(朱彝尊)의 《경의고(經義考)》에 인용된 주희의 재전제자(再傳弟子) 왕백(王柏)의 《정고중용(訂古中庸)》의 발문에는 《예기》 〈중용〉은 상편(중용 11 편)과 하편(성명 11 편)의 2편으로 되어 있던 것을 《예기》 편자가 뒤섞어서 한 편으로 만들어 일대 혼란을 일으켰다고 단언하고 있다. 근래 각국의 학자들 역시 《중용》은 이분되어야 한다는 견해를 가지고 있으며, 편차(編次)나 간차(簡次)를 개동(改動)하여 새로운 편정을 시도하고 있기도 하다. 자(字)는 자사(子思)이고, 이름은 급(伋). 공자의 손자이고 증자의 제자로 노목공(魯公)의 스승이었다. 그가 성조(聖祖) 공자의 덕을 밝히 드러내기 위하여 《중용》을 저술하였음은 고 기록에도 보이므로 의심할 여지가 없다고 여겨져왔다. 그의 저술이 《중용》 하나로 그치지 않은 것은 《예기》의 〈표기〉〈치의〉〈방기〉가 자사의 작으로 들어 있고, 청 황이주(黃以周)의 《자사집본(子思輯本)》에는 그 밖의 것이 적지 않이 집록되어 있는 것을 보아도 알 수 있다. 그러나 이러한 자사의 이름으로 전해지는 글이 다 그가 직접 저술한 것이라고는 하기 힘들다. 지금의 《중용》에도 《주자장구본》 제28장의 "지금 천하의 수레는 수레바퀴의 치수가 같고, 글은 문자가 같고, 예법은 순서가 같다(今天下 車同軌 書同文 行同倫)"는 자사의 시대와는 동떨어진, 진시황이 중국을 통일한 이후에 있을 수 있는 일을 말한 것으로, 자사의 친작(親作)이 아님이 지적되고 있다. 대체로 자사 23편에서 그 첫 편이 지금의 《중용》이었고, 그것만은 자사가 지은 것이고, 그 나머지는 자사의 제자 내지 그 학파 사람들의 손에 의해서 지어진 것으로 추측되고 있다. 지금 전하는 《중용》에는, '선생님께서 말씀하시기를(子曰)'에서 선생님이 공자를 가리키는 것인지 자사를 가리키는 것인지 분명하지 않은 데가 많아서, 역시 자사의 제자 내지 그 학파 사람들의 손에서 나온 글이 상당히 섞여 있는 것으로 생각되고 있다. 주희가 《중용》 주를 만드는 데 있어, 정현의 구주(舊註)에서 정해진 장절(章節)에 따르지 않았기 때문에 장구라는 말을 붙인 것이다. 주희는 60세(1189) 때 이 《중용장구》를 냈다. 주희의 이 〈중용장구서〉는 그의 〈대학장구서〉와 더불어 극히 잘된 글로 역대 학인들에게 평가되어왔다. 또 그 가운데는 주희 자신의 중요한 사상과 견해가 표명되어 있어 그 때문에 더욱 중요시되어왔다.

3) 선진(先秦) 제자(諸子)는 성자(姓字)에 '子'자를 붙여서 호칭하는 것이 보통이나, 공자와의 혼동을 피해서 그의 자(字)인 '子思'에다 '子'를 붙여서 쓴다.

4) 성인의 도를 다루는 학문이라는 뜻으로 '성학(聖學)'이라고도 한다. 송대 이후에는 송유(宋儒)의 성리학을 '도학'이라고 하는 것이 보통이다.

5) 요가 순에게 제위를 선양할 때에 고계(告戒)한 말이라 하면《우서(虞書)》순전(舜典)에 들어 있어야 하겠으나, 지금 전하는 순전에는 들어 있지 않고《논어》〈요왈편〉에 인용되어 있다.

6)《고문상서(古文尙書)》〈대우모(大禹謨)〉에 보임. 사람의 마음을 인심과 도심 두 가지로 갈라서 말한 것인데, 마음이 개인적인 욕망에 지배되어 움직이면 그것을 인심이라 하고, 공평한 도리에 따라 움직이면 그것을 도심이라고 하는 것이다. 이것에 입각하여 주희는 자기의 심성론을 전개한 것이라 하여도 과언이 아니다.

7) 인심과 도심이 마음속에 뒤섞여 있다는 말이다.

8) 부열은 은(殷) 고종의 현상(賢相).

9) 안회(顔回).

10) 증삼(曾參).

11) 그것을 이어받아 천명을 발휘한 사람은 나오지 않고, 다만 책으로 전해지는 데 그쳤다는 것이다.

12) 노(老)·불(佛).

13) 정씨 형제가 중용을 해설한 책이 전해지지 않았음을 말한 것이다.

14) 석돈(石㻫), 자는 자중(子重). 심성의 이치를 탐구한 학자로 극재선생(克齋先生)이라 불리었고 주희와 교분이 두터웠다.

15) 석(石)씨의 문인(門人).

16) 석씨의 문인이 편술한 《중용》 해설서.

17) 주희는 도통이 맹자까지 와서 끊어졌다가 정자(程子)를 거쳐 자기가 계승하였음을 은근히 자부하고 싶었던 것이다.

朱熹章句

中 庸

　정자(程子)께서 말씀하시기를,[1]

　"치우치지 않는 것을 중(中)이라고 하고, 바뀌지 않는 것을 용(庸)이라고 한다. 중은 천하의 정도(正道)이고 용은 천하의 정해진 이치다. 이 편은 공문(孔門)에서 전수된 심법(心法)[2]이다. 자사는 그 심법이 오래 되어서 착오가 생길까 염려하였기 때문에 그것을 책에다 써가지고 맹자에게 주었다. 그 책은 처음에는 한 가지 이치를 말하고, 중간에는 만사로 분산되고, 끝에서는 다시 한 가지 이치로 합쳐진다. 그것을 드러내놓으면 육합(六合)에 가득 차고, 그것을 말아 들이면 단단하게 오므라든다.[3] 그 맛이 무궁하니 다 실학(實學)이다.[4] 잘 읽는 사람이 완미(玩味)·탐색(探索)하여서 거기서 얻는 것이 있으면 평생토록 써도 다 써내지 못할 것을 갖게 될 것이다."

子程子曰 不偏之謂中이요 不易之謂庸이니 中者는 天下之正道
요 庸者는 天下之定理라 此篇은 乃孔門傳授心法이니 子思恐其
久而差也라 故로 筆之於書하여 以授孟子하니 其書始言一理하고
中散爲萬事하고 末復合爲一理하여 放之則彌六合하고 卷之則退
藏於密하여 其味無窮하고 皆實學也라 善讀者玩索而有得焉이면
則終身用之라도 有不能盡者矣리라

1) 이격(二格)을 내려서 쓴 것은 다 주희의 부설이다. 주희는 정
   자의 설을 서두에 인용하여, 〈중용〉의 내력과 그 대의를 천명
   하였고, 동시에 정자의 학통을 존중하는 뜻을 나타낸 것이다.
2) 마음 갖는 법.
3) 이 표현은 예로부터 내려오는 도가(道家)에서 '도'를 형용하는
   말을 그대로 옮겨 쓴 것이다.
4) 실학은 여기서는 일상생활에 적용하여 수기치인(修己治人)의
   실(實)을 거두는 것에 이르게 하는 학문이라는 뜻으로 씌어진
   것이다.

1

하늘이 시키는 것을 성(性)이라고 하고, 성에 따르는
것을 도(道)라고 하고, 도를 닦는 것을 교(敎)라고 한
다.1)

도라는 것은 잠시도 거기서 떠날 수 없다. 떠날 수
있다면 도가 아니다. 그렇기 때문에 군자는 자기가 보
여지지 않는 데서 조심스럽게 굴고, 자기가 들리지 않

는 데서 두려워하는 것이다. 은밀한 곳보다 더 나타나는 것은 없고, 미세한 일보다 더 뚜렷해지는 것은 없다. 그래서 군자는 자기 혼자만의 경우에 조심스럽게 구는 것이다.

희로애락이 나타나지 않고 있는 것을 중(中)이라고 하고, 나타나서 다 절도에 맞는 것을 화(和)라고 한다. 중이라는 것은 천하의 큰 근본이고, 화라는 것은 천하에 통용되는 도다. 중과 화를 철저히 발휘하면 하늘과 땅이 바로 자리잡히고 만물이 잘 자라난다.[2]

天命之謂性이요 率性之謂道요 脩道之謂敎니라

道也者는 不可須臾離也니 可離면 非道也라 是故로 君子는 戒愼乎其所不睹하며 恐懼乎其所不聞이니라 莫見乎隱이며 莫顯乎微니 故로 君子는 愼其獨也니라

喜怒哀樂之未發을 謂之中이요 發而皆中節을 謂之和니 中也者는 天下之大本也요 和也者는 天下之達道也니라 致中和면 天地位焉하며 萬物育焉이니라

이상은 제1장이다. 자사는 전해진 뜻을 진술해가지고 주장을 내세운 것이다. 첫머리에는 도의 본원은 하늘에서 나와서 바뀔 수 없음과, 그 실체가 자기에게 갖추어져 있어서 이탈할 수 없음을 밝혔다. 다음에는 그것을 지녀서 키우고 반성하여 살피는 요령을 말했다. 끝에는 그것의 성스럽고 신비한 조화의 극치를 말했다. 배우는 사람이 여기서 돌이켜, 자

신에게서 그것을 찾아 자기 스스로가 그것을 얻어가지고, 밖에서 유혹하는 사정(私情)을 버리고 자기 본연의 선을 충실하게 하기를 바란 것이다. 양씨(楊氏)의 이른바 '전편(全篇)의 체요(體要)'가 이것이다. 이 다음 열 장은 자사가 공부자(孔夫子)의 말씀을 인용하여 이 장의 뜻을 완결시킨 것이다.

右는 第一章이라 子思述所傳之意以立言하여 首明道之本原出於天而不可易과 其實體備於己而不可離하고 次言存養省察之要하고 終言聖神功化之極하니 蓋欲學者於此에 反求諸身而自得之하여 以去夫外誘之私而充其本然之善이니 楊氏所謂一篇之體要是也라 其下十章은 蓋子思引夫子之言하여 以終此章之義하니라

1) 인간이 타고난 본성. 유가에서 말하는 인간의 본성이 선하다고 하는 것은 결국 선천적인 것으로 이해된 것이다. 주희는, 성(性)은 하늘이 부여한 이치라고 하였다. 그 이치에 따르는 것이 도라는 것이다. 사람은 기질이 다 같을 수 없으므로 절로 이치대로 따라 살게 되어 있지 않아서, 이치대로 따르는 도를 닦아야 하늘이 시키는 본성대로 살게 된다는 견지에서, 교(敎) 즉 가르침이 필요하게 된 것을 말한 것이라 하겠다.
2) 이 단(段)은 악경(樂經)의 단간(斷簡)이 착입(錯入)한 것이 아닌가 하고 의심하는 학자도 있다. 주희는 중용의 덕에는 중화(中和)가 들어 있다고 말하였다. (2의 주희의 설 참조)

2

중니(仲尼)¹⁾께서 말씀하시기를,

"군자는 중용에 따르고[2] 소인은 중용을 어긴다. 군자가 중용을 따름은 군자로서 그때그때에 맞게 구는 것이고,[3] 소인이 중용을 어김은 소인으로서 기탄 없이 구는 것이다."

仲尼曰 君子는 中庸이요 小人은 反中庸이니라 君子之中庸也는 君子而時中이요 小人之反中庸也는 小人而無忌憚也니라

이상은 제2장이다. 이 밑의 열 장은 모두 중용을 논해서 첫 장의 뜻을 풀이하였다. 글은 서로 연결되어 있지 않지만 뜻은 사실 서로 접속되어 있다. 화를 고쳐서 용으로 한 것은, 유씨(游氏)가 '성정(性情)을 가지고 말하면 중화라고 하고, 덕행을 가지고 말하면 중용이라고 한다'고 한 것이 그것이다. 그러나 중용 가운데에는 사실 중화의 뜻이 같이 들어 있다.

右는 第二章이라 此下十章은 皆論中庸하여 以釋首章之義하니 文雖不屬이나 而意實相承也라 變和言庸者는 游氏曰 以性情言之면 則曰中和요 以德行言之면 則曰中庸이라하니 是也라 然이나 中庸之中에 實兼中和之義하니라

1) 공자의 자(字).
2) 원문대로 하면 '중용하고'로 옮겨야 할 것이나, 관용되는 말이 아니어서 '중용에 따르고'로 옮겼다.
3) '맞게 구는 것'은 한 가지 일에 있어 지나치지도 않고, 모자라지도 않고, 가장 적합하게 대처해나가는 것을 말하는 것으로,

평균 내지 타협을 의미하는 것은 아니라 하겠다.

3

선생님께서 말씀하시기를,
"중용은 지극하기도 하구나.[1] 백성들은 그것을 오래 유지해내는 일이 적다.[2]"

子曰 中庸은 其至矣乎인저 民鮮能久矣니라

이상은 제 3 장이다.

右는 第三章이라

1) 중용의 덕이 다시없이 위대하나 사람들은 그 중용을 오래 지니지 못하고 치우치게 살아간다는 것이다.
2) '오래 유지해내는 일이 적다'를 '잘할 수 있는 사람이 적어진 지가 오래 되었다'로 풀이하기도 한다. 사람은 다 같으나 오랫동안 올바른 교육을 하지 못해서 중용에 따라 살 수 있는 사람이 적어진 지가 오래 되었다는 것이다.

4

선생님께서 말씀하시기를,
"도(道)[1]가 행하여지지 않는 것을 나는 알았다. 지혜로운 사람은 지나치고, 어리석은 사람은 미치지 못하

는 것이다. 도가 밝혀지지 않는 것을 나는 알았다. 잘
난 사람은 지나치고, 못난 사람은 미치지 못하는 것이
다. 사람은 누구나 먹고 마시고 하나, 맛을 알 수 있
는 사람은 적다.”

子曰 道之不行也를 我知之矣로다 知者는 過之하고 愚者는 不
及也니라 道之不明也를 我知之矣로다 賢者는 過之하고 不肖者는
不及也니라 人莫不飲食也언마는 鮮能知味也니라

이상은 제 4 장이다.

右는 第四章이라

1) 도는 하늘의 이치의 당연한 것으로, ‘중(中)’일 따름이다. 지
   혜로운 사람, 어리석은 사람, 잘난 사람, 못난 사람의 지나치
   고 미치지 못함은 타고난 천품의 차이로, 그들의 ‘중’을 잃은
   것이다. (주희 주)

5

선생님께서 말씀하시기를,
“도는 행하여지지 않을게라.”

子曰 道其不行矣夫인저

이상은 제 5 장이다. 이 장은 위 장을 받아서, 그것이 행하

여지지 않는 단서를 들어서 아래 장의 뜻을 끌어낸 것이다.

右는 第五章이라 此章은 承上章而擧其不行之端하여 以起下章之意라

6

선생님께서 말씀하시기를,

"순(舜)은 위대한 지혜를 가졌던 이었구나. 순은 묻기를 좋아하였고 가까운 말씀을 살피기를 좋아하였다. 악한 것은 감추고 선한 것을 드러내었고, 그 두 극단을 잡아가지고 그 중간을 백성들에게 적용하였다. 그렇게 하였기 때문에 순(舜)[1]이 된 것일 게다."

子曰 舜은 其大知也與인저 舜은 好問而好察邇言하고 隱惡而揚善하며 執其兩端하여 用其中於民하니 其斯以爲舜乎인저

이상은 제6장이다.

右는 第六章이라

1) '순'은 충만하다는 뜻. 결국 도덕이 충만하다는 뜻 그대로 순이 되었다고 한 것으로 풀이하기도 한다. 일반적으로 순이 성인된 까닭이 그 때문이라고 풀이한다.

7

선생님께서 말씀하시기를,

"사람들은 다 '나는 지혜롭다'고 말하나, 몰아다가 그들을 그물이나 덫이나 함정 속에 집어넣어도 그것을 피할 줄을 모른다. 사람들은 다 '나는 지혜롭다'고 말하나 중용을 가려내서는 한 달도 지켜내지 못한다."

子曰 人皆曰予知로되 驅而納諸罟擭陷阱之中호대 而莫之知辟也하며 人皆曰予知로되 擇乎中庸而不能期月守也니라

이상은 제7장이다. 이 장은 위 장의 위대한 지혜를 받아서 말하고, 또 밝지 않은 단서를 들어서 아래 장의 뜻을 끌어낸 것이다.

右는 第七章이라 承上章大知而言이요 又擧不明之端하여 以起下章也라

8

선생님께서 말씀하시기를,

"회(回)[1]의 사람됨은, 중용을 가려내어 한 가지 선을 얻으면 정성껏 지켜 가슴에 지니고 그것을 잃어버리지 않았다."

子曰 回之爲人也 擇乎中庸하여 得一善이면 則拳拳服膺하여 而弗失之矣니라

이상은 제8장이다.

右는 第八章이라

1) 공자의 애제자 안회(顔回).

9

선생님께서 말씀하시기를,

"천하와 나라와 집안은 잘 다스릴 수 있다. 작록(爵
祿)은 사퇴할 수 있다. 시퍼런 칼날은 밟을 수 있다.
그러나 중용은 해낼 수 없다."

　子曰 天下國家를 可均也며 爵祿을 可辭也며 白刃도 可蹈也로
되 中庸은 不可能也니라

이상은 제9장이다. 역시 위 장을 받아서 아래 장을 끌어
낸 것이다.

　右는 第九章이라 亦承上章以起下章이라

10

자로(子路)[1]가 굳센 것에 관해서 여쭈어보았다. 선생
님께서 말씀하시기를,

"남방의 굳셈이냐, 북방의 굳셈이냐? 그렇지 않으면

너의 굳셈이냐? 너그럽고 부드러움으로 가르치고 무도한 것에 보복하지 않는 것이 남방의 굳셈이다. 군자가 그렇게 산다. 무기와 갑옷을 깔고 앉아서 죽어도 싫어하지 않는 것이 북방의 굳셈이다. 너 같은 굳센 자가 그렇게 산다. 그래서 군자는 부드러우면서 유약한 데로 흐르지 않으니 굳세고 꿋꿋하다. 가운데 서서 기울어지지 않으니 굳세고 꿋꿋하다. 나라에 도가 행하여지면 옹색했을 적의 지조를 변하지 않으니 굳세고 꿋꿋하다. 나라에 정도(正道)가 행하여지지 않으면 죽음에 이르더라도 지조를 변하지 않으니 굳세고 꿋꿋하다."

子路問强한대 子曰 南方之强與아 北方之强與아 抑而强與아 寬柔以敎로 不報無道는 南方之强也니 君子居之니라 袵金革하여 死而不厭은 北方之强也니 而强者居之니라 故로 君子는 和而不流하나니 强哉矯여 中立而不倚하나니 强哉矯여 國有道에 不變塞焉하나니 强哉矯여 國無道에 至死不變하나니 强哉矯여

이상은 제 10장이다.

右는 第十章이라

1) 공자의 제자 중유(仲由).

11

선생님께서 말씀하시기를,

"편벽(偏僻)한 것을 찾아서 괴이한 짓을 행해서 후세에 그것을 받들 경우가 있을 것이나, 나는 그런 짓은 하지 않겠다. 군자는 도를 찾아서 행하는 것이다. 중도에서 폐하고 마는 것은 나는 하지 못할 것이다. 군자는 중용에 의지하여 살거니와, 세상을 피해 가서 알려지지 않고서도 후회하지 않는 것은 오직 성자(聖者)만이 할 수 있다."

子曰 索隱行怪를 後世에 有述焉이나 吾弗爲之矣로다 君子는 遵道而行이니 半塗而廢는 吾弗能已矣로다 君子는 依乎中庸하여 遯世不見知而不悔하나니 唯聖者能之니라

이상은 제11장이다. 자사가 공부자(孔夫子)의 말을 끌어서 첫 장의 뜻을 밝힌 것은 여기에서 그친다. 이 편의 대지(大旨)는 지(知)·인(仁)·용(勇)이라는 세 가지 달덕(達德)을 가지고 도(道)로 들어가는 문으로 삼기 때문에, 첫머리에서 대순(大舜)과 안연(顔淵)과 자로(子路)의 일을 가지고서 그것을 밝힌 것이다. 대순은 지이고, 안연은 인이고, 자로는 용이다. 그 중의 하나를 폐하면 도(道)로 나아가서 덕을 이룩할 길이 없다. 나머지에 관한 것은 제20장에 보인다.

右는 第十一章이라 子思所引夫子之言以明首章之義者 止此라 蓋此篇大旨는 以知仁勇三達德으로 爲入道之門이라 故로 於篇首에 卽以大舜顔

淵子路之事로 明之라 舜은 知也요 顔淵은 仁也요 子路는 勇也니 三者에
廢其一이면 則無以造道而成德矣라 餘見第二十章이라

12

군자의 도는 밝으면서도 은미(隱微)하다. 필부 필부(匹夫匹婦)의 우매함으로서도 그것을 아는 축에 끼울 수 있으나, 그 지극한 데에 가서는 성인이라 하더라도 역시 모르는 것이 있다. 필부 필부의 못남으로서도 그것을 행해낼 수가 있으나, 그 지극한 데에 가서는 성인이라 하더라도 해내지 못하는 것이 있다. 하늘과 땅이 크지만 사람에게는 여전히 유감스럽게 여기는 것이 있다.[1] 그러므로 군자가 큰 것을 말하면 천하가 그것을 실어낼 수 없고 작은 것을 말하면 천하가 그것을 쪼개어내지 못한다. 《시경》에,[2]

솔개는 날아서 하늘에 다다르고
물고기는 못에서 뛴다.

고 하였는데, 위아래로 이르렀음을 말한 것이다. 군자의 도는 필부 필부에서 발단되지만 그 지극한 데에 가서는 천지에 뚜렷해진다."

君子之道는 費而隱이니라 夫婦之愚로도 可以與知焉이로되 及

其至也에는 雖聖人이라도 亦有所不知焉하며 夫婦之不肖로도 可以
能行焉이로되 及其至也에는 雖聖人이라도 亦有所不能焉하며 天地
之大也에도 人猶有所憾이니 故로 君子語大면 天下莫能載焉이요
語小면 天下莫能破焉이니라 詩云 鳶飛戾天이어늘 魚躍于淵이라하
니 言其上下察也니라 君子之道는 造端乎夫婦니 及其至也에는 察
乎天地니라

이상은 제 12 장이다. 자사의 말인데, 그것으로 첫 장의 도
는 거기서 떠나면 안 된다는 뜻을 밝힌 것이다. 이 아래의
여덟 장에서는 공자의 말을 함께 인용하여서 그것을 밝혔다.

右는 第十二章이라 子思之言이니 蓋以申明首章道不可離之意也라 其
下八章은 雜引孔子之言以明之니라

1) 오곡과 가축의 생성이 고르지 않고, 한서(寒暑)·수한(水旱) 등
   의 재변은 다 사람들이 천지에 대해 유감스럽게 여기는 것들
   이다. (주희 주 참조)
2) 대아 〈한록편(旱麓篇)〉 제 3 장 제 1, 2구. "위아래로 이르렀음을
   말한 것이다"는 모시설(毛詩說)에 따른 것이다. 정현(鄭玄)의
   해설은 좀 다르다. 즉 "솔개는 탐악한 새로, 그것이 하늘로 날
   아 올라간 것으로, 악인이 멀리 가버리고 백성들에게 해를 끼
   치지 않게 되었음을 비유한 것이다. 물고기가 못에서 뛴다는
   것은 백성들이 살게 된 것을 기뻐하는 것을 비유한 것이다."

13

선생님께서 말씀하시기를,

"도는 사람한테서 멀리 떨어져 있지 않다. 사람이
도라고 하면서 그것이 사람한테서 멀리 떨어져 있다면
도라고 할 수는 없다. 《시경》에,[1]

> 도끼 자루를 찍어내나니, 도끼 자루를 찍어내나니,
> 그 법은 멀리 있지 아니하도다.

하였는데, 도끼 자루를 잡고서 도끼 자루를 찍어내서
눈으로 견주어보면 그래도 멀다고 여긴다. 그래서 군
자는 사람을 가지고 사람을 다스리는데, 고치면[2] 그만
둔다. 충서(忠恕)[3]는 도에서 멀리 떨어져 있지 않다.
자기한테 가해보아서 싫으면 역시 남에게 가하지 말
것이다.

군자의 도는 네 가지인데, 나[4]는 아직 그 중의 하나
도 해내지 못한다. 자식에게 요구하는 것을 가지고 부
친을 섬기는 것을 아직 해내지 못한다. 신하에게 요구
하는 것을 가지고 임금을 섬기는 것을 아직 해내지 못
한다. 동생에게 요구하는 것을 가지고 형을 섬기는 것
을 아직 해내지 못한다. 벗에게 요구하는 것을 가지고
먼저 그에게 해주는 것을 아직 해내지 못한다.

용덕(庸德)[5]을 행하고 용언(庸言)[6]을 삼가, 부족한
것이 있으면 감히 힘쓰지 않고 견디지는 못하며, 남음

이 있으면 감히 다해버리지는 않고, 말은 행위를 돌아
보고 행위는 말을 돌아본다. 군자가 어찌 독실하게 굴
지 않겠느냐?"

子曰 道不遠人하니 人之爲道而遠人이면 不可以爲道니라 詩云
伐柯伐柯여 其則不遠이라하니 執柯以伐柯하되 睨而視之하고 猶
以爲遠하나니 故로 君子는 以人治人하다가 改而止니라 忠恕違道
不遠하니 施諸己而不願을 亦勿施於人이니라

君子之道四에 丘未能一焉이로니 所求乎子로 以事父를 未能也
하며 所求乎臣으로 以事君을 未能也하며 所求乎弟로 以事兄을 未
能也하며 所求乎朋友로 先施之를 未能也니라

庸德之行하며 庸言之謹하여 有所不足이어든 不敢不勉하며 有
餘어든 不敢盡하여 言顧行하며 行顧言이니 君子胡不慥慥爾리오

이상은 제 13 장이다. 도가 사람한테서 멀리 떨어져 있지
않다는 것은 필부 필부가 해내는 바의 것이다. 나는 아직 하
나도 해내지 못한다는 것은 성인이 해내지 못하는 바의 것이
다. 다 밝다. 그러나 그것이 그렇게 된 까닭에는 지극히 은
미한 것이 들어 있다. 아래 장들은 다 이와 비슷하다.

右는 第十三章이라 道不遠人者는 夫婦所能이요 丘未能一者는 聖人所不
能이니 皆費也而其所以然者는 則至隱存焉하니 下章은 放此라

1) 빈풍(豳風) 〈벌가편(伐柯篇)〉 제 2 장 제 1, 2 구.
2) 잘못된 것을 고쳐서 올바로 되는 것을 사람 다스리는 한도로
   한다.

3) 자기의 마음을 다하는 것이 '충(忠)'이고, 자기를 미루어 남에게 미쳐 나가는 것이 '서(恕)'이다. (주희 주)
4) '나'는 공자의 자칭인 '구(丘)'를 옮긴 말이다.
5) 변하지 않는 덕, 즉 중용의 덕.
6) 변하지 않는 말, 즉 중용의 도에 따른 말. 용언(庸言)을 삼간다 함은, 말을 삼가서 중용의 도에 어그러지지 않게 군다는 것이다.

14

군자는 자기의 위치에 따라서 (도를) 행하지 그 밖의 것은 바라지 않는다. 부귀에 처해 있으면 부귀한 데서 행하고, 빈천에 처해 있으면 빈천한 데서 행하고, 미개족속(未開族屬)에 처해 있으면 미개족속에서 행하고, 환난 속에 처해 있으면 환난 속에서 행하므로, 군자는 어디에 들어가도 득의(得意)하지 않은 일이 없다. 윗자리에서는 아랫사람을 능욕하지 않고, 아랫자리에서는 윗사람에게 기어오르지 않는다. 자기를 바르게 하고 남에게 요구하지 않으면 원성이 나오지 않는다. 위로는 하늘을 원망하지 않고 아래로는 남을 허물하지 않는다. 그러므로 군자는 평이한 데 처해 있으면서 천명을 기다리고 소인은 위험한 짓을 하여 가지고 요행을 찾는다.

선생님께서 말씀하시기를,

"활쏘기는 군자와 비슷한 점이 있다. 정곡을 맞추지

못하면 돌이켜서 그 원인을 자신에서 찾는다.”

君子는 素其位而行이요 不願乎其外니라 素富貴하얀 行乎富貴하며 素貧賤하얀 行乎貧賤하며 素夷狄하얀 行乎夷狄하며 素患難하얀 行乎患難이니 君子는 無入而不自得焉이니라 在上位하여는 不陵下하며 在下位하여는 不援上이요 正己而不求於人이면 則無怨이리니 上不怨天하며 下不尤人이니라 故로 君子는 居易以俟命하고 小人은 行險以徼幸이니라

子曰 射는 有似乎君子니 失諸正鵠이면 反求諸其身이니라

이상은 제 14장이다. 자사의 말이다. 무릇 장 첫머리에 ‘선생님께서 말씀하시기를(子曰)’이 없는 것은 이와 같다.

右는 第十四章이라 子思之言也니 凡章首에 無子曰字者는 放此라

15

군자의 도는, 이를테면 먼 곳에 가는 데는 반드시 가까운 곳에서부터 시작하는 것과 같고, 이를테면 높은 곳에 올라가는 데는 반드시 낮은 곳에서부터 시작하는 것과 같다. 《시경》에,[1]

치자가 잘 의합하면
거문고를 타는 것 같고
형제가 맞으면

화락하고 또 즐기게 된다.
너의 집안을 잘 해나가고
너의 처자식을 즐겁게 할 것이라.

고 하였다.
선생님께서 말씀하시기를,
"부모가 기꺼워하게 될 것이다."[2]

君子之道는 辟如行遠하여 必自邇하고 辟如登高하여 必自卑니라 詩曰 妻子好合이 如鼓瑟琴하며 兄弟旣翕하여 和樂且耽이라 宜爾室家하며 樂爾妻帑라하여늘 子曰 父母는 其順矣乎인저

이상은 제 15 장이다.

右는 第十五章이라

1) 소아(小雅) 〈상체편(常棣篇)〉 제7장.
2) 이 시에 대한 공자의 평.

16

선생님께서 말씀하시기를,
"귀신의 덕이란 대단하기도 하다. 그것을 보아도 보이지 않고, 그것을 들어도 들리지 않는데 만물의 본체가 되어 있어서 버릴 수가 없다. 온 천하의 사람들이 깨끗이 재계(齋戒)하고 성대한 복장을 차려 입고서

제사를 받들게 하여 그득하니, 그 위에 있는 것 같기도 하고 그 좌우에 있는 것 같기도 하게 만든다. 《시경》에,[1]

신이 찾아오는 것은
헤아려 알 수 없는데
하물며 꺼려할 수 있겠는가?

하였다. 미세함이 뚜렷이 나타나고, 성실함을 가릴 수 없음이 이와 같은 것이다."

子曰 鬼神之爲德이 其盛矣乎인저 視之而弗見하고 聽之而弗聞하고 體物而不可遺니라 使天下之人으로 齊明盛服하여 以承祭祀하고 洋洋乎如在其上하며 如在其左右니라 詩曰 神之格思를 不可度思요 矧可射思아하니 夫微之顯이니 誠之不可揜이 如此夫인저

이상은 제16장이다. 보이지 않고 들리지 않는 것이 은미(隱微)한 것이다. 만물의 본체가 되어 있는 것 같으면 빛난다. 이 앞의 세 장은 빛나는 것의 작은 것을 가지고 말했고, 이 뒤의 세 장은 빛나는 것의 큰 것을 가지고 말했다. 그리고 이 한 장은 빛나고 은미한 것을 겸해서 큰 것과 작은 것을 포괄해서 말했다.

右는 第十六章이라 不見不聞은 隱也요 體物如在는 則亦費矣니 此前三章은 以其費之小者而言이요 此後三章은 以其費之大者而言이요 此一章은

兼費隱包大小而言이니라

1) 대아(大雅) 〈억편(抑篇)〉 제7장 끝의 3구.

17

선생님께서 말씀하시기를,

"순(舜)은 그야말로 위대한 효자다. 덕은 성인이고, 존귀하기는 천자이고, 부유하기는 사해를 차지하고, 종묘는 그것을 제향(祭饗)하고, 자손은 그것을 보존하였다. 그러므로 위대한 덕은 반드시 그 지위를 얻고, 반드시 그 녹(祿)을 받고, 반드시 그 명예를 얻고, 반드시 그 수명을 얻게 마련이다"
고 하셨다.

그러므로 하늘이 만물을 내어서는 반드시 그 재질에 따라서 발전시킨다. 그러므로 심어진 것은 자라게 하고, 기울어진 것은 엎어뜨린다. 《시경》에,[1]

착하신 군자여,
뚜렷하다, 아름다운 덕.
백성들에게 좋게 하고, 사람들에게 좋게 하나니
하늘에서 녹을 받은 것이로다.
편안케 하고 도와서 그에게 명하여(천자가 되게 하였나니)

하늘로부터 (복을) 되풀이 내리는도다.

하였다. 그러므로 위대한 덕을 지닌 사람은 반드시 천명을 받는다.[2]

子曰 舜은 其大孝也與인저 德爲聖人이고 尊爲天子며 富有四海之內하여 宗廟饗之하며 子孫保之니라 故로 大德은 必得其位하며 必得其祿하며 必得其名하며 必得其壽니라

故로 天之生物이 必因其材而篤焉하나니 故로 栽者는 培之하고 傾者는 覆之니라 詩曰 嘉樂君子여 憲憲令德이 宜民宜人이라 受祿于天이어늘 保佑命之하고 自天申之니라 故로 大德者는 必受命이니라

이상은 제17장이다. 이것은 평용(平庸)한 행동의 일상적인 것에서부터 그것을 미루어 그 지극한 데에 이르러 도의 작용이 넓음을 나타낸 것이다. 그리고 그렇게 되게 하는 것은 본체의 미세한 것이다. 뒤의 두 장 역시 이 뜻이다.

右는 第十七章이라 此는 由庸行之常하여 推之以極其至하여 見道之用廣也니 而其所以然者는 則爲體微矣라 後二章亦此意니라

1) 대아(大雅) 〈가락편(假樂篇)〉 제1장.
2) 그래서 천자가 된다.

18

선생님께서 말씀하시기를,

"근심없는 사람은 오직 문왕(文王)뿐이었을 것이다. 왕계(王季)를 아버지로 하였고 무왕(武王)을 아들로 하여, 아버지는 사업을 일으켰고, 아들은 그것을 계승 발전시켰으니"

라고 하셨다. 무왕은 태왕과 왕계와 문왕의 사업을 계승하여, 한 번 전투복을 입고 나서 천자가 되었다. 자신은 천하의 현저한 명예를 잃지 않고, 존귀하기는 천자이고 부유하기는 사해 안을 차지하고, 종묘는 그를 제향하고, 자손은 그 복을 보존하였다. 무왕이 말년에 천명을 받았으므로 주공(周公)이 문왕과 무왕의 덕을 성취시켜서 태왕과 왕계를 왕으로 추존(追尊)하였고,[1] 위로 선공들을 천자의 예로 제사하였다. 이 예는 제후·대부 및 사서인(士庶人)에게 두루 통용된다. 부친이 대부(大夫)이고 아들이 사(士)이면, 장의(葬儀)는 대부의 예로 지내고 제사는 사의 예로 지낸다. 부친이 사이고 아들이 대부면, 장의는 사의 예로 지내고 제사는 대부의 예로 지낸다. 1년의 복(服)[2]을 입는 것은 대부까지 통용되나 3년상[3]을 입는 것은 천자에까지 통용된다. 부모의 상은 귀천 없이 동일하다.

子曰 無憂者는 其惟文王乎인저 以王季爲父하고 以武王爲子하니 父作之어늘 子述之하니라 武王이 纘大王王季文王之緖하여 壹

戎衣而有天下하되 身不失天下之顯名하여 尊爲天子하고 富有四海之內하여 宗廟饗之하며 子孫保之하니라 武王이 末受命이어늘 周公이 成文武之德하여 追王大王王季하고 上祀先公以天子之禮하니 斯禮也 達乎諸侯大夫及士庶人하니 父爲大夫요 子爲士어든 葬以大夫요 祭以士하며 父爲士요 子爲大夫어든 葬以士요 祭以大夫하며 期之喪은 達乎大夫하고 三年之喪은 達乎天子하니 父母之喪은 無貴賤一也니라

이상은 제 18 장이다.

右는 第十八章이라

1) 무왕은 말년에 천자의 자리에 올랐으므로, 문물제도를 창제하지 못하고 죽었다. 그래서 그의 친동생인 주공이 예악(禮樂)을 제작하였다.
2) 부모 이외의 가까운 친족의 상(喪). 천자와 제후는 그런 복은 입지 않았다. 그래서 대부까지 통용된다고 한 것이다.
3) 부모의 상.

19

선생님께서 말씀하시기를,

"무왕과 주공은 그야말로 철저한 효자였다. '효'라는 것은 선인의 뜻을 살 계승하고 선인의 사업을 잘 발전시키는 것이다. 봄·가을로 조묘(祖廟)를 돌보고 종기(宗器)¹⁾를 진열하고, 의복²⁾을 펴놓고, 제철의 음식

을 천(薦)하였으니"
라고 하셨다.

종묘의 예는 소목(昭穆)의 차서(次序)[3]를 세우는 길이다. 작위(爵位)의 차서를 세우는 것[4]은 귀천을 판별하는 길이다. (종묘에서) 일의 차서를 세우는 것은 현명한 것[5]을 판별하는 길이다. 여수(旅酬)의 예에 아랫사람이 윗사람을 위해서 하는 것[6]은 천한 자까지 포섭하는 길이다. 연모(燕毛)의 예는 연령의 차서를 세우는 길이다.[7]

선인의 위(位)에 오르고, 선인의 예를 행하고, 선인의 음악을 연주하고, 선인이 존중하던 사람을 공경하고, 선인이 가까이 하던 이를 아끼고, 죽었을 때 섬기기를 살았을 때 섬기듯이 하고, 망인(亡人) 섬기기를 앉아 있는 이 섬기듯이[8] 하는 것이 효의 극치다.

교사(郊社)[9]의 예는 상제(上帝)[10]를 섬기는 길이다. 종묘의 예는 자기 조상을 제사하는 길이다. 교사의 예와 체상(禘嘗)[11]의 뜻을 명백히 알면 나라 다스리는 것은 손바닥 들여다보는 것 같아질 것이다.

子曰 武王周公은 其達孝矣乎인저 夫孝者는 善繼人之志하며 善述人之事者也니라 春秋에 脩其祖廟하며 陳其宗器하며 設其裳衣하며 薦其時食이니라

宗廟之禮는 所以序昭穆也요 序爵은 所以辨貴賤也요 序事는 所以辨賢也요 旅酬에 下爲上은 所以逮賤也요 燕毛는 所以序齒

也니라

踐其位하여 行其禮하며 奏其樂하며 敬其所尊하며 愛其所親하며
事死如事生하며 事亡如事存이 孝之至也니라

郊社之禮는 所以事上帝也요 宗廟之禮는 所以祀乎其先也니
明乎郊社之禮와 禘嘗之義면 治國은 其如示諸掌乎인저

이상은 제 19 장이다.

右는 第十九章이라.

1) 조상이 남긴 소중한 기물(器物).
2) 조상이 남긴 의복.
3) 종묘 제사는 1세 좌, 2세 우, 3세 좌, 4세 우로 차서가 정해
   져 있는데, 이것이 부자의 소목(昭穆)의 순위를 세우는 방법
   이다.
4) 작위의 고하에 따라 제사를 달리했다.
5) 제사하는 곳에서 인물을 택해서 일을 맡겼다.
6) 제사가 끝나면 귀천을 가리지 않고 항렬이 낮은 사람이 위 항
   렬의 사람에게 술을 따라준다.
7) 제사를 마친 후의 잔치에서는 연령의 차례를 가린다.
8) 장례를 지내고 집에 없게 된 때의 경우.
9) 교(郊)는 하늘을 제사하는 것, 사(社)는 땅을 제사하는 것. 교
   사의 예는 천지를 제사하는 예.
10) 상제는 '하느님' 의 뜻과 비슷한 것이다.
11) 체(禘)는 천자가 태조(太祖)를 제사하는 대제(大祭), 상(嘗)은
   가을의 제사, 그것으로 춘하추동 네 세설에 지내는 제사를 통
   칭한다.

20

애공(哀公)[1]이 정치에 관해서 물으니, 선생님께서 말씀하셨다.

"문왕과 무왕의 정치는 서책에 기록되어 있습니다. 적임자가 있으면 그 정치는 되어나갑니다. 적임자가 없어지면 그 정치는 되어지지 않습니다."

사람의 도는 정치에 속히 작용하고 땅의 도는 나무에 속히 작용한다.[2] 정치라는 것은 창포와 갈대다.[3] 그러므로 정치를 하는 것은 사람에 달려 있다. 사람을 취하는 데는 자신이 할 것이고,[4] 자신의 덕을 닦는 데는 도로써 하고, 도를 닦는 데는 인으로써 한다. 인이라는 것은 사람다움이다. 그리고 어버이를 어버이로 받드는 것이 그 중의 큰 일이다. 의라는 것은 마땅함이다. 그리고 현량한 인재를 존중하는 것이 그 중의 큰 일이다. 어버이를 어버이로 받드는 데서 정도를 낮추어가는 것과, 현량한 인재를 존중하는 차등에서 예가 생기는 것이다. 아랫자리에 있으면서 윗사람의 신임을 얻지 못하면 백성을 다스려내지 못한다. 그러므로 군자는 자신의 덕을 닦지 않아서는 안 된다. 자신의 덕을 닦으려고 생각하면 어버이를 섬기지 않아서는 안 된다. 어버이를 섬기려고 생각하면 사람을 몰라서는 안 된다. 사람을 알려고 생각하면 하늘을 몰라서는 안 된다.

천하에 통용되는 도는 다섯이고, 그것을 행하게 하

는 것은 셋이다. 군신과 부자와 부부와 형제와 벗과의 교우라는 다섯 가지는 천하에 통용되는 도다. 지·인·용 세 가지는 천하에 통용되는 덕이다. 그것을 행하게 하는 길은 하나다. 나면서부터 그것을 알기도 하고, 배워서 그것을 알기도 하고, 애써서 그것을 알기도 하나, 그것을 알게 되어서는 다 같아지는 것이다. 편안히 그것을 행하기도 하고, 이롭게 여기고 그것을 행하기도 하고, 억지로 해서 그것을 행하기도 하나, 성공하게 되어서는 다 같아지는 것이다.

선생님께서 말씀하시기를,

"배우기를 좋아하는 것은 지에 가깝고, 힘써 행하는 것은 인에 가깝고, 부끄러움을 아는 것은 용에 가깝다"고 하셨다.

이 세 가지의 것을 알면 자신의 덕을 닦는 길을 알게 되고, 자신의 덕을 닦는 길을 알면 남을 다스리는 길을 알게 된다. 남을 다스리는 길을 알면 천하(天下)·국(國)·가(家)를 다스리는 길을 알게 될 것이다. 무릇 천하·국·가를 다스리는 데는 아홉 가지 상도(常道)가 있다. 자신의 덕을 닦는 것과, 현량한 인재를 존중하는 것과, 어버이를 어버이로 받드는 것과, 대신을 공경하는 것과, 군신을 체찰(體察)하는 것과, 서민을 자식같이 아끼는 것과, 모든 기술자들을 오세 하는 것과, 먼 곳의 사람들을 유순하게 만드는 것과, 제후들이 따르게 만드는 것이 그것이다. 자신의 덕을 닦으면 도가 확립된다. 현량한 인재를 존중하면 현혹되지 않게 된다. 어버이를 어버이로 받들면 제부(諸父)[5]와 형제들이 원망하지 않게 된다. 대신을 공경하면 현혹하지 않게 된다. 군신을 체찰하면 선비의 보례(報禮)가 무게를 갖게 된다. 서민을 자식같이 아끼면 백성들이 격려된다. 모든 기술자를 오게 하면 재정이 넉넉해진다. 먼 곳의 사람들을 유순하게 만들면 사방에서 귀순해온다. 제후들이 따르게 만들면 온 천하가 두려워하게 된다.

깨끗이 재계(齋戒)하고 성대한 복장을 차려 입고서, 예가 아니면 움직이지 않는 것이 자신의 덕을 닦는 것이다. 참언(讒言)을 제거하고 여색(女色)을 멀리하고, 보화를 천하게 여기고 덕을 귀중히 여기는 것이 현량한 인재를 격려하는 길이다. 선인의 지위를 존중하고, 선인의 녹을 소중히 여기고, 선인의 좋아하고 싫어하던 것을 같이하는 것이 어버이를 어버이로 받들게 하는 것을 격려하는 길이다. 관속이 많은 것을 아껴서 부리게 하는 것이 대신을 격려하는 길이다. 충직하고 신의 있는 자에게 녹을 후하게 주는 것이 사(士)를 격려하는 길이다. 적당한 시기에 부리고 징수하는 것을 적게 하는 것이 백성들을 격려하는 길이다. 나날이 살피고 다달이 시험하여 급여하는 것을 하는 일에 어울리도록 하는 것이 온갖 기술자들을 격려하는 길이다. 가는 것을 보내주고 오는 것을 맞아주며, 잘한 것을 칭찬해주고 무능한 것을 불쌍히 여기는 것이 먼 곳에 있는 사람들을 유순하게 만드는 길이다. 끊어진 대를 이어주고, 폐기된 나라를 일으켜주고, 혼란에 빠진 것을 정리해주고 위태로워진 것을 잡아주고, 조빙(朝聘)을 제때에 하게 하고, 가져가는 것을 후하게 하고 가져오는 것을 적게 하는 것이 제후가 따르게 만드는 길이다. 무릇 천하·국·가를 다스리는 데는 아홉 가지 상도가 있으나 그것을 행하는 길은 하나다. 무릇 일이란 미리 준비하면 되어나가고, 미리 준비하지 않으면 폐하게 된다. 말이 먼저 정해지면 막히지 않는다. 일이 먼저 정해지면 곤란을 보지 않는다. 행하는 것이 먼저 정해지면 괴로움을 당하지 않는다. 도가 먼저 정해지면 궁박(窮迫)해지지 않는다.

아랫자리에 있으면서 윗사람의 신임을 얻지 못하면 백성들을 다스려내지 못한다. 윗사람의 신임을 얻는 데는 길이 있다. 벗들의 신용을 얻지 못하면 윗사람의 신임을 얻지 못한다. 벗들의 신용을 얻는 데는 길이 있다. 어버이가 좋아해주지 않으면 벗들의 신임을 얻지 못한다. 어버이가 좋아해주는 데는 길이 있다. 자신을 반성해보아서 성실하지 않으면 어버이가 좋아해주지 않는다. 자신을 성실하게 하는 데는 길이 있다. 선을 똑똑히 모르면 자신에 성실해지지 못한다.

성실한 것은 하늘의 도다. 성실해지려고 하는 것은 사람의 도다. 성실한 사람은 힘쓰지 않고서도 사리에 맞아나가고, 생각하지 않아도 터득하고, 거동이 정도에 맞아나가는 성인(聖人)이다. 성실해지려고 하는 사람은 선한 것을 택해서 그것을 고집하는 사람으로, 널리 배우고, 자세히 묻고, 조심스럽게 생각하고, 분명하게 판별하고, 독실하게 행한다. 그리고 배우지 않을 수는 있을지언정 배우게 되면 능숙해지지 않고서는 그만두지 않고, 묻지 않을 수는 있을지언정 묻게 되면 알지 않고서는 그만두지 않고, 생각하지 않을 수는 있을지언정 생각하게 되면 터득하지 않고서는 그만두지 않고, 판별하지 않을 수는 있을지언정 판별하게 되면 분명해지지 않으면 그만두지 않고, 행하지 않을 수는 있을지언정 행하게 되면 독실해지지 않으면 그만두지 않고, 남이 한 번 해서 잘하게 되면 자기는 백 번을 하고, 남이 열 번 해서 잘하게 되면 자기는 천 번을 한다. 과연 이 방법을 잘해낸다면 우매한 사람이라 하더라도 반드시 총명해질 것이고, 유약한 사람이라 하더라도 반드시 굳세어질 것이다.

哀公이 問政한대 子曰 文武之政이 布在方策하니 其人存이면 則其政이 擧하고 其人亡이면 則其政이 息이니이다

人道는 敏政하고 地道는 敏樹하니 夫政也者는 蒲盧也니라 故로 爲政이 在人하니 取人以身이요 脩身以道요 脩道以仁이니라 仁者는 人也니 親親이 爲大하고 義者는 宜也니 尊賢이 爲大하니 親親之殺와 尊賢之等이 禮所生也니라 在下位하여 不獲乎上이면 民不

可得而治矣리라 故로 君子는 不可以不修身이니 思修身인댄 不可以不事親이요 思事親인댄 不可以不知人이요 思知人인댄 不可以不知天이니라

天下之達道五에 所以行之者三이니 曰君臣也와 父子也와 夫婦也와 昆弟也와 朋友之交也五者는 天下之達道也요 知仁勇三者는 天下之達德也니 所以行之者는 一也니라 或生而知之하며 或學而知之하며 或困而知之하나니 及其知之하여는 一也니라 或安而行之하며 或利而行之하며 或勉强而行之하나니 及其成功하여는 一也니라

子曰 好學은 近乎知하고 力行은 近乎仁하고 知恥는 近乎勇이니라

知斯三者면 則知所以脩身이요 知所以脩身이면 則知所以治人이요 知所以治人이면 則知所以治天下國家矣리라 凡爲天下國家에 有九經하니 曰 脩身也와 尊賢也와 親親也와 敬大臣也와 體群臣也와 子庶民也와 來百工也와 柔遠人也와 懷諸侯也니라 脩身則道立하고 尊賢則不惑하고 親親則諸父昆弟不怨하고 敬大臣則不眩하고 體群臣則士之報禮重하고 子庶民則百姓이 勸하고 來百工則財用이 足하고 柔遠人則四方이 歸之하고 懷諸侯則天下畏之니라

齊明盛服하여 非禮不動은 所以脩身也요 去讒遠色하며 賤貨而貴德은 所以勸賢也요 尊其位하며 重其祿하며 同其好惡는 所以勸親親也요 官盛任使는 所以勸大臣也요 忠信重祿은 所以勸士也요 時使薄斂은 所以勸百姓也요 日省月試하여 旣稟稱事는 所以勸百工也요 送往迎來하며 嘉善而矜不能은 所以柔遠人也요 繼絶世하며 舉廢國하며 治亂持危하며 朝聘以時하며 厚往而薄來는 所以懷諸侯也니라 凡爲天下國家에 有九經하니 所以行之者는 一也니라

凡事豫則立하고 不豫則廢하나니 言前定則不跆하고 事前定則不困하고 行前定則不疚하고 道前定則不窮이니라

在下位하여 不獲乎上이면 民不可得而治矣리라 獲乎上이 有道하니 不信乎朋友면 不獲乎上矣리라 信乎朋友有道하니 不順乎親이면 不信乎朋友矣리라 順乎親有道하니 反諸身不誠이면 不順乎親矣리라 誠身이 有道하니 不明乎善이면 不誠乎身矣리라

誠者는 天之道也요 誠之者는 人之道也니 誠者는 不勉而中하며 不思而得하여 從容中道하나니 聖人也요 誠之者는 擇善而固執之者也니라 博學之하며 審問之하며 愼思之하며 明辨之하며 篤行之니라 有弗學이언정 學之인댄 弗能을 弗措也하며 有弗問이언정 問之인댄 弗知를 弗措也하며 有弗思이언정 思之인댄 弗得을 弗措也하며 有弗辨이언정 辨之인댄 弗明을 弗措也하며 有弗行이언정 行之인댄 弗篤을 弗措也하여 人一能之어든 己百之하고 人十能之어든 己千之니라 果能此道矣면 雖愚나 必明하며 雖柔나 必强리라

이상은 제 20 장이다. 여기서는 공자의 말씀을 인용해서 위대한 순임금과 문왕과 무왕과 주공의 뒤를 이어 그분들이 전한 것의 일치함을 밝혔는데, 들었다가 놓아도 역시 그러할 뿐이다. 밝은 것과 은미한 것을 포괄하고, 작은 것과 큰 것을 겸섭(兼攝)하여서 12장의 뜻을 끝맺었다. 이 장 안에서야 '성(誠)'을 말한 것이 비로소 상세해졌는데, 이른바 '성'이 실로 이 편(중용)의 중심이다. 또 살펴보건대 《공자가어(孔子家語)》에도 역시 이 장이 실려 있는데, 그 글은 더욱 상세하다. "성공하게 되어서는 다 같아지게 되는 것이다(成功一

也)"밑에 "애공이 말하기를 선생의 말씀은 아름답고 지당합니다. 과인은 고루하여서 그것을 이룩하기에는 부족합니다(公曰 子之言美矣 至矣 寡人實固 不足以成之也)"(19자)가 있다. 그래서 그 밑에 다시 '선생님께서 말씀하시기를(子曰)'하고 대답하는 말을 시작한 것이다. 지금 여기에는 애공(哀公)의 묻는 말은 없는데, 여전히 '子曰' 두 자가 있다. 자사가 번잡한 대목을 삭제해서 편말(篇末)에다 붙인 것인데, 삭제가 미진했던 것이다. 지금 우리는 그것을(즉 뒤의 '子曰' 두 글자를) 연문(衍文)으로 보아야 한다. '널리 배우고(博學之)'이하는 가어(家語)에는 없다. 그 책에 궐문(闕文)이 있었던 것이거나, 그렇지 않으면 여기에 자사가 보탠 것으로 생각된다.

右는 第二十章이라 此는 引孔子之言하여 以繼大舜文武周公之緒하여 明其所傳之一致하여 擧而措之면 亦猶是耳니 蓋包費隱 兼小大하여 以終十二章之意라 章內에 語誠始詳하니 而所謂誠者는 實此篇之樞紐也라 又按孔子家語에 亦載此章而其文尤詳하니 成功一也之下에 有公曰 子之言이 美矣至矣나 寡人이 實固하여 不足以成之也라 故로 其下에 復以子曰로 起答辭어늘 今無此問辭而猶有子曰二字하니 蓋子思刪其繁文하여 以附于篇而所刪有不盡者니 今當爲衍文也요 博學之以下는 家語에 無之하니 意彼有闕文이어나 抑此或子思所補也歟인저

1) 애공(재위 B.C. 494~478)은 노나라의 국군(國君), 희장(姬蔣).
2) 적임자가 자리를 얻어 정치를 하면 정치가 잘 되어나가는 것이 속하다. 좋은 땅에 나무를 심으면 나무가 속히 자란다.

3) 창포와 갈대는 빨리 자란다. 정치도 그와 같이 잘 되려 들면 속하다는 것이다.
4) 일설에는, 인물 자체의 우열을 가지고 할 것이지 체면이나 천거에만 의존해서는 안 됨을 말한 것이라고도 한다.
5) 백(伯)·숙(叔)·중(仲)·계(季)·부(父) 등의 총칭.

21

성실한 데서부터 (선에) 밝아지는 것을 성(性)이라 하고, (선에) 밝은 데서부터 성실해지는 것을 교(敎)라고 한다. 성실하면 (선에) 밝아지고, (선에) 밝으면 성실해진다.

自誠明을 謂之性이요 自明誠을 謂之敎니 誠則明矣요 明則誠矣니라

이상은 제21장이다. 자사가 위 장의 공부자의 하늘의 도와 사람의 도의 뜻을 받아서 입론(立論)한 것이다. 여기서부터 열두 장은 다 자사의 말인데, 이 장의 뜻을 되풀이 연역(演繹)해서 천명하고 있다.

右는 第二十一章이라 子思承上章夫子天道人道之意而立言也라 自此以下十二章은 皆子思之言이니 以反覆推明此章之意니라

22

오직 천하의 지극히 성실한 사람만이 자기의 성(性)을 다 발휘할 수 있다. 자기의 성을 다 발휘할 수 있으면 남의 성을 다 발휘시킬 수 있다. 남의 성을 다 발휘시킬 수 있으면 만물의 성을 다 발휘시킬 수 있다. 만물의 성을 다 발휘시킬 수 있으면 하늘과 땅이 변화시키고 육성시키는 일을 돕게 될 것이고, 하늘과 땅이 변화시키고 육성시키는 일을 돕게 된다면 하늘과 땅과 더불어 대등하게 참여하게 될 것이다.

唯天下至誠이야 爲能盡其性이니 能盡其性이면 則能盡人之性이요 能盡人之性이면 則能盡物之性이요 能盡物之性이면 則可以贊天地之化育이요 可以贊天地之化育이면 則可以與天地參矣니라

이상은 제22장이다. 하늘의 도를 말한 것이다.

右는 第二十二章이라 言天道也라

23

그 다음은 간곡한 지경에 이르는 것이다. 간곡하면 성실성을 지닐 수 있고, 성실하면 나타나고, 나타나면 뚜렷해시고, 누렷하면 밝아지고, 밝아지면 움직이고, 움직이면 변하고, 변하면 남을 교화시킨다. 오직 천하의 지극히 성실한 사람만이 남을 교화시킬 수 있게

된다.

  其次는 致曲이니 曲能有誠이니 誠則形하고 形則著하고 著則明하
고 明則動하고 動則變하고 變則化니 唯天下至誠이야 爲能化니라

  이상은 제 23 장이다. 사람의 도를 말한 것이다.

  右는 第二十三章이라 言人道也라

24

  지극히 성실한 도(道)는 미리 알 수 있다. 국가가 흥
성하려 하면 반드시 복된 조짐이 생기고, 국가가 멸망
하려면 반드시 요사스러운 징조가 생긴다. 시초(蓍草)
와 거북점[1]에 나타나고 몸에 움직여 나타난다. 재화나
복지(福祉)가 오려면 선한 것도 반드시 먼저 알게 되
고, 선하지 않은 것도 반드시 먼저 알게 되니 그러므
로 지극히 성실함은 신과 같은 것이다.

  至誠之道는 可以前知니 國家將興에 必有禎祥하며 國家將亡에
必有妖孽하여 見乎蓍龜하며 動乎四體라 禍福將至에 善을 必先知
之하며 不善을 必先知之니 故로 至誠은 如神이니라

  이상은 제 24 장이다. 천도(天道)를 말한 것이다.

  右는 第二十四章이라 言天道也라

1) 고대 중국에서는 시초(蓍草)와 구갑(龜甲)으로 점을 쳤다. 큰
   일을 행할 때에는 거의 절차의 하나로 점을 쳤던 것이다.

25

성실함이란 스스로 이룩하게 하는 것이고, 도는 스스로 끌고 간다. 성실함은 만물의 처음이요 끝이다. 성실하지 않으면 만물이 존재하지 않는다. 그렇기 때문에 군자는 성실하고자 하는 것을 귀중하게 여긴다. 성실함이란 스스로 자기를 이룩하게 할 뿐만 아니라 만물을 이룩하게 하는 길이다. 자기를 이룩하게 하는 것은 인(仁)이다. 만물을 이룩하게 하는 것은 지혜이고 성(性)의 덕이고[1] 안과 밖을 합치는 방법이다. 그래서 제때에 그것을 써서 마땅함을 얻게 되는 것이다.

誠者는 自成也요 而道는 自道也니라 誠者는 物之終始니 不誠이면 無物이니라 是故로 君子는 誠之爲貴니라 誠者는 非自成己而已也라 所以成物也니 成己는 仁也요 成物은 知也니 性之德也라 合內外之道也니 故로 時措之宜也니라

이상은 제25장이다. 인도(人道)를 말한 것이다.

右는 第二十五章이라 言人道也라

1) 힘, 위력.

26

그러므로 지극히 충실함은 쉬는 일이 없다. 쉬지 않으면 오래 가고, 오래 가면 징험(徵驗)이 난다. 징험이 나면 멀리 번진다. 멀리 번지면 넓고 두터워진다. 넓고 두터워지면 높고 밝아진다. 넓고 두터움은 만물을 싣는 길이다. 높고 밝아짐은 만물을 덮는 길이다. 멀고 오래감은 만물을 이룩하게 하는 길이다. 넓고 두터움은 땅과 짝이 되고, 높고 밝음은 하늘과 짝이 되고, 멀고 오래감은 끝이 없다. 이와 같은 것은 보여주지 않아도 나타나고, 움직이지 않아도 변화시키고, 행하지 않아도 이룩되게 한다. 하늘과 땅의 도는 한 마디로 다 할 수 있다. 그 되어짐이 틀림없이 성실한지라, 그것이 만물을 생성하는 것을 이루 헤아리지 못한다. 하늘과 땅의 도는 넓음이요, 두터움이요, 높음이요, 밝음이요, 멀음이요, 오래 감이다.

이제 하늘은 저러한 밝은 것이 많이 모여진 것이지마는 그것이 끝이 없게 되면 해와 달과 별들이 거기에 매달리고, 만물이 그것에 덮인다. 이제 땅은 한 줌씩의 흙이 많이 모여진 것이지마는, 그것이 넓고 두터워지게 되면 화악(華嶽)[1]을 이고도 무거워하지 않고, 강물과 바닷물을 받아들이고도 새지 않고, 만물이 거기에 실린다. 이제 산은 자그마한 돌이 많이 모인 것이지마는, 그것이 넓고 커지게 되면 초목이 거기에 자라나고, 금수가 거기서 살고, 보화가 거기서 나온다. 이

제 물은 한 바가지씩의 물이 많이 모여진 것이지마는, 그것이 깊어지게 되면 큰 자라와 교룡(蛟龍)과 물고기와 잔 자라가 거기에서 생기고, 재물이 거기에서 늘어난다.

《시경》에,[2]

하늘의 명령은
아아 아름답고 그치지를 않는도다.

라 하였는데, 이것은 하늘의 하늘된 까닭을 말한 것이다.

아아 대단히도 뚜렷하여라,
문왕의 덕의 순수함이여.[3]

라 한 것은 문왕의 문왕된 까닭을 말한 것이다. 순수함 역시 그치지 않음이다.

故로 至誠은 無息이니 不息則久하고 久則徵하고 徵則悠遠하고 悠遠則博厚하고 博厚則高明이니라 博厚는 所以載物也요 高明은 所以覆物也요 悠久는 所以成物也니라 博厚는 配地하고 高明은 配天하고 悠久는 無疆이니라 如此者는 不見而章하며 不動而變하며 無爲而成이니라 天地之道는 可一言而盡也니 其爲物不貳라 則其生物不測이니라 天地之道는 博也厚也高也明也悠也久也니라 今

夫天이 斯昭昭之多로되 及其無窮也하여는 日月星辰繫焉하며 萬
物覆焉이니라 今夫地一撮土之多로되 及其廣厚하여는 載華嶽而不
重하며 振河海而不洩하며 萬物載焉이니라 今夫山이 一卷石之多로
되 及其廣大하여는 草木生之하며 禽獸居之하며 寶藏興焉이니라 今
夫水 一勺之多로되 及其不測하여는 黿鼉蛟龍魚鼈生焉하며 貨財
殖焉이니라 詩云 維天之命이 於穆不已라하니 蓋曰天之所以爲天
也요 於乎不顯가 文王之德之純이여하니 蓋曰文王之所以爲文也니
純亦不已니라

이상은 제 26 장이다. 천도를 말한 것이다.

右는 第二十六章이라 言天道也라

1) 화산(華山), 중국 5악(嶽)의 하나.
2) 주송(周頌) 〈유천지명(維天之命)〉의 첫 2구.
3) 동 제 3, 4 구.

27

  크기도 하다, 성인의 도는. 양양하게도[1] 만물을 발
육시키고, 하늘 끝에 닿도록 높다. 여유있게 크기도
하다. 예의(禮儀) 300과 위의(威儀)[2] 3000은 그 사람이
나오기를 기다려서야 행해진다. 그래서,
  "진실로 지극한 덕을 지닌 사람이 아니면 지극한 도
가 이룩되지 않는다"

고 하는 것이다.

　그러므로 군자는 덕성을 존중하여 묻고 배우는 길을 따라가며, 넓고 큰 것을 파악하여 정밀하고 미세한 것을 여온(餘蘊) 없이 탐구하며, 높고 밝은 것을 철저히 규명하여 중용을 따르며, 배운 것을 복습하여 새것을 알며, 돈독하고 후하게 굴어 예를 숭상한다. 이러한 까닭에 윗자리에 있어서는 교만하지 않고, 아랫사람이 되어서는 배반하지 않고, 나라에 정도(正道)가 행하여지면 그가 하는 말이 윗사람을 일깨워주기에 넉넉하고, 나라에 정도가 행하여지지 않으면 그가 잠자코 있는 것이 받아들여지기에 넉넉한 것이다. 《시경》에,[3]

　　밝은 데다가 또 지혜로워서
　　자기의 몸을 편안케 하는도다.

하였는데, 이런 점을 두고 한 말일 게다.

　大哉라 聖人之道여 洋洋乎發育萬物하여 峻極于天이로다 優優大哉라 禮儀三百과 威儀三千은 待其人而後에 行이라 故로 曰 苟不至德이면 至道不凝焉이라하니라 故로 君子는 尊德性而道問學하며 致廣大而盡精微하며 極高明而道中庸하며 溫故而知新하며 敦厚以崇禮니라 是故로 居上不驕하며 爲下不倍라 國有道에 其言이 足以興이요 國無道에 其默이 足以容이니 詩曰 旣明且哲하여 以保其身이라하니 其此之謂與인저

이상은 제27장이다. 사람의 도를 말한 것이다.

右는 第二十七章이라 言人道也라

1) 넓고 큰 모양.
2) 《예기》〈예기편(禮器篇)〉에는 경례(經禮) 300, 곡례(曲禮) 3000. 대대례(大戴禮) 위장군(衛將軍) 〈문자편(文子篇)〉에는 예의 300, 곡례 3000이라는 말이 각각 나온다. 예의는 기본되는 큰 예법, 위의는 곡례 즉 예의 소절(小節)이다.
3) 대아(大雅) 〈증민편(烝民篇)〉 제4장 제4,5구.

28

선생님께서 말씀하시기를,

"우매하면서 자기가 하러 들기를 좋아하고, 비천하면서 자기 멋대로 굴기를 좋아하고, 지금의 세상에 태어나서 옛날의 도로 돌아가는 그러한 사람은 재앙이 그의 몸에 닥쳐오게 될 것이다"
라고 하셨다.

천자가 아니면 예제(禮制)를 의논하지 않고, 도량을 제정하지 않고, 문자를 시비하지 않는다. 지금 천하의 수레는 수레바퀴의 치수가 같고, 글은 문자가 같고, 예법은 순서가 같다.[1]

그 일을 할 수 있는 자리를 차지하였다 하더라도 정작 그것에 합당한 덕이 없으면 감히 예(禮)와 악(樂)을 제작하지 못한다. 그것에 합당한 덕을 지녔다 하더라도 정작 그 일을 할 수 있는 자리를 차지하지 않았으면 역시 감히 예와 악을 제작하지 못한다. 선생님께서 말씀하시기를,

"내가 하대(夏代)의 예법을 이야기하려 하여도 기(杞)나라는 그 증거로 대기에 부족하다. 내가 은대(殷代)의 예법을 배우려고 함에 송나라가 그것을 지니고 있다.[2] 내가 주나라의 예법을 배웠으니, 오늘날 쓰고 있는 것이라. 나는 주나라에 따르겠다"
고 하셨다.

子曰 愚而好自用하며 賤而好自專이요 生乎今之世하여 反古之道면 如此者는 栽及其身者也니라 非天子면 不議禮하며 不制度하며 不考文이니라 今天下 車同軌하며 書同文하며 行同倫이니라 雖有其位나 苟無其德이면 不敢作禮樂焉이며 雖有其德이나 苟無其位면 亦不敢作禮樂焉이니라 子曰 吾說夏禮나 杞不足徵也요 吾學殷禮하니 有宋存焉이어니와 吾學周禮하니 今用之라 吾從周하리라

이상은 제28장이다. 위 장의 '아랫사람이 되어서는 배반하지 않는다'를 받아서 말한 것으로 역시 사람의 도이다.

右는 第二十八章이라 承上章爲下不倍而言이니 亦人道也라

1) 청(清) 유월(兪樾)은 그의 《호루필담(湖樓筆談)》에서, 이 단락은 진시황의 시대를 말한 것이므로, 《중용》이 진나라 때에 된 글이라고 단정하였다. 자사의 후학이 진나라 때에 와서 그 사상

을 부연한 것이 아닌가 생각된다.

2) 《논어》〈팔일편(八佾篇)〉에는 "은의 예는 내가 말할 수 있으나 송은 그것을 증험하기에 부족하다. 그 문헌이 부족하기 때문이다. (殷禮 吾能言之 宋不足徵也 文獻不足故也 足則吾能徵之矣)"로 되어 있다.

29

천하에 왕자 노릇을 하는 데는 세 가지의 일이 갖추어져 있으면 과오가 적을 게다. 윗대의 것[1]은 비록 좋다고 하더라도 증거가 없다. 증거가 없으면 믿어지지 않는다. 믿어지지 않으면 백성들이 따르지 않는다.

아랫자리에 있는 사람의 것[2]은 비록 좋다고 하더라도 존귀하지 못하다. 존귀하지 못하면 믿어지지 않는다. 믿어지지 않으면 백성들이 따르지 않는다. 그러므로 군자의 도는 자신에게 그 근본을 두고, 서민에게 그것을 징험해보고 삼왕에서 그것을 살펴보아도 틀림이 없고, 하늘과 땅에 그것을 세워도 어그러지지 않고, 귀신에게 그것을 물어본다 해도 의문이 생기지 않고, 100대 후에 성인이 다시 나온다 하여도 의혹이 나지 않는다.[3] 귀신에게 그것을 물어본다 하여도 의문이 생기지 않는 것은 하늘을 알기 때문이다. 100대 후에 성인이 다시 나온다 하여도 의혹이 나지 않는 것은 사람을 알기 때문이다. 이러한 까닭에 군자는 움직이면 그것이 대대로 천하의 도가 되고, 행하면 그것이 대대로 천하

의 법도가 되고, 말하면 그것이 대대로 천하의 준칙이
된다. 멀리 있으면 바라보는 바 되고, 가까이 있어도
싫어하는 바 되지 않는다. 《시경》에,[4]

> 저 곳에 있어도 미움을 받는 일 없고,
> 이 곳에 있어도 싫어하는 바 되지 않는다.
> 바라노니 밤낮으로
> 영영 영예를 지속하기를.

하였다. 군자는 이와 같이 일찍부터 천하에 영예를 누
리지 않은 일이 없다.

王天下 有三重焉하니 其寡過矣乎인저 上焉者는 雖善이나 無徵
이니 無徵이라 不信이요 不信이라 民弗從이니라 下焉者는 雖善이나
不尊이니 不尊이라 不信이요 不信이라 民不從이니라 故로 君子之
道는 本諸身하여 徵諸庶民하며 考諸三王而不謬하며 建諸天地而
不悖하며 質諸鬼神而無疑하며 百世以俟聖人而不惑이니라 質諸鬼
神而無疑는 知天也요 百世以俟聖人而不惑은 知人也니라 是故로
君子는 動而世爲天下道니 行而世爲天下法하며 言而世爲天下則
이라 遠之則有望하고 近之則不厭이니라 詩曰 在彼無惡하며 在此
無射이라 庶幾夙夜하여 以永終譽라하니 君子未有不如此而蚤有譽
於天下者也니라

이상은 제29장이다. 위 장의 '윗자리에 있어서는 교만하지
않다'를 받아서 말한 것으로, 역시 사람의 도이다.

右는 第二十九章이라 承上章居上不驕而言이니 亦人道也라

1) 이를테면 주대에 있어서 하대나 은대의 제도를 생각하는 경우.
2) 이를테면 공자같이 덕은 갖추어져 있으나 그것을 발휘할 수 있는 지위가 없고 하위(下位)에서 돌고 있는 경우.
3) 즉 100대 전의 성인이 다시 나온다 하더라도 소신에 동요가 생기지 않는다는 것이다.
4) 주송(周頌) 〈진로편(振鷺篇)〉 제 5,6구.

30

중니는 요임금과 순임금의 도를 멀리 조종(祖宗)으로 받들고, 문왕과 무왕의 도를 법도로 지키고, 위로는 하늘의 때를 법으로 따르고, 아래로는 수토(水土)의 이치를 따랐다. 그것은 (중니의 덕은) 마치 하늘과 땅이 잡아주고 실어주고 하지 않는 것이 없고, 덮어주고 감싸주고 하지 않는 것이 없는 것과도 같고, 마치 사계절이 차례로 운행하는 것과도 같고, 해와 달이 교대하여 밝아지는 것과도 같다. 만물은 동시에 육성되면서 서로 해치지 않고, 도는 동시에 행해지면서 서로 어그러지지 않으며, 작은 덕은 개울물같이 흐르고, 큰 덕은 돈독하게 변화시키고 육성한다. 이것이 하늘과 땅이 큰 까닭이다.

仲尼는 祖述堯舜하시고 憲章文武하시며 上律天時하시고 下襲水土하시니라 辟如天地之無不持載하며 無不覆幬하며 辟如四時之

錯行하며 如日月之代明이니라 萬物竝育而不相害하며 道竝行而
不相悖라 小德은 川流요 大德은 敦化하나니 此는 天地之所以爲
大也니라

이상은 제30장이다. 하늘의 도를 말한 것이다.

右는 第三十章이라 言天道也라

31

오직 천하의 지극한 성인이라야 총명과 예지가 백성
들에 임하기에 충분하고, 관대함과 온순함이 그들을
용납하기에 충분하고, 힘차고 꿋꿋함이 의(義)를 고집
하기에 충분하고, 장중하고 정당함이 일을 조심스럽게
다루기에 충분하고, 조리 있음과 세밀히 관찰하는 것
이 사물을 판별하기에 충분할 수 있게 된다. 두루 넓
고 깊이 근원이 있어서 제때에 내놓는다. 두루 넓은
것은 하늘 같고, 깊이 근원 있음은 못 같아서 나타나
면 백성들이 누구나 공경하지 않을 수 없게 되고, 말
하면 백성들이 누구나 믿지 않을 수 없게 되고, 행하
면 백성들이 기뻐하지 않을 수 없게 된다. 이러한 까
닭으로 해서 그 명성이 중국에 넘쳐흘러 미개족속에까
지 뻗어나가고, 배와 수레가 가는 곳과, 사람의 힘이
닿는 데와, 하늘이 덮는 데와, 땅이 싣고 있는 데와,
해와 달이 비치는 데와, 서리와 이슬이 내리는 데로

무릇 혈기를 지닌 자는 다 그를 높이고 친근하게 받든다. 그래서 하늘의 짝이 된다고 말하는 것이다.

唯天下至聖이야 爲能聰明睿知 足以有臨也며 寬裕溫柔 足以有容也며 發强剛毅 足以有執也며 齊莊中正이 足以有敬也며 文理密察이 足以有別也니 溥博淵泉 而時出之니라 溥博은 如天하고 淵泉은 如淵하니 見而民莫不敬하며 言而民莫不信하며 行而民莫不說이니라 是以로 聲名이 洋溢乎中國하고 施及蠻貊하여 舟車所至와 人力所通과 天之所覆와 地之所載와 日月所照와 霜露所隊에 凡有血氣者 莫不尊親하나니 故로 曰配天이니라

이상은 제31장이다. 위 장을 받아서, 작은 덕은 개울물같이 흐른다를 부연한 것으로, 역시 하늘의 도다.

右는 第三十一章이라 承上章而言小德之川流하니 亦天道也라

32

오직 천하의 지극히 성실한 사람만이 천하의 큰 도리를 경륜(經綸)할 수 있고, 천하의 큰 근본을 세울 수 있고, 하늘과 땅의 화육(化育)을 알 수 있는 것이다. 그가 어찌 의지하는 데가 있겠는가? 간절하다, 그의 인자함은. 깊디깊다, 그의 심오함은. 넓디넓다, 그의 하늘 같은 지혜는. 진실로 진정으로 총명과 성스러운 지혜가 하늘의 덕에까지 도달한 사람이 아니면 그 뉘

라서 그를 알아볼 수 있겠는가?

唯天下至誠이야 爲能經綸天下之大經하며 立天下之大本하며
知天地之化育이니 夫焉有所倚리오 肫肫其仁이며 淵淵其淵이며
浩浩其天이니라 苟不固聰明聖知達天德者면 其孰能知之리요

이상은 제 32장이다. 위 장을 받아서, 위대한 덕이 화육을
돈독히 함을 말한 것으로, 역시 하늘의 도다. 앞 장에서는
지극한 성인의 덕을 말했고, 이 장에서는 지극히 성실한 사
람의 도를 말했다. 그러나 지극히 성실한 사람의 도는 지극
한 성인이 아니고서는 알아보지 못하고, 지극한 성인의 덕은
지극히 성실한 사람이 아니면 해내지 못하니, 역시 두 가지
다른 물건이 아니다. 이 편에서 성인과 하늘의 도의 극치를
말하여, 여기까지 와서는 더 보탤 게 없게 되었다.

右는 第三十二章이라 承上章而言大德之敦化하니 亦天道也라 前章엔
言至聖之德하고 此章엔 言至誠之道라 然이나 至誠之道는 非至聖이면 不
能知요 至聖之德은 非至誠이면 不能爲니 則亦非二物矣라 此篇에 言聖人
天道之極致 至此而無以加矣라

33

《시경(詩經)》에,[1]

비단옷을 입고서 홑사포 겉옷을 걸치었도다.

하였는데, 비단옷 무늬가 뚜렷이 나타남을 싫어한 것이다. 그래서 군자의 도는 어두우면서도 날로 밝아가고, 소인의 도는 뚜렷하면서도 날로 멸망해간다.

군자의 도는 담담하나 싫어지지 않고, 간결하면서도 문채(文彩)가 있고, 온화하면서도 조리가 있다. 먼 것은 가까운 데부터 시작됨을 알고, 바람은 그 불어오는 곳이 있음을 알고, 미세한 것은 뚜렷해짐을 알면 함께 덕으로 들어갈 수 있게 될 것이다. 《시경》에,[2]

잠복되어 있다 하여도
역시 그것은 대단히 밝도다.

하였다. 그러므로 군자는 자기 속을 반성하여도 괴롭지 않고, 마음에 부끄러움이 없다. 군자를 따를 수 없는 데는 오직 남이 보지 않는 곳(에서의 마음 가짐)뿐일 게다. 《시경》에,[3]

그대의 방에 있을 때를 살피어
방 구석에서까지라도 부끄러움이 없도록 할 것이라.

고 하였다. 그러므로 군자는 움직이지 않아도 존경되고, 말하지 않아도 믿게 된다. 《시경》에,[4]

신 앞에 나아가서는 말이 없으나

그때에는 언쟁은 일어나지 아니한다.

고 하였다. 그런 까닭에, 군자는 상을 주지 않아도 백성들에게는 격려가 되고, 성을 내지 않아도 백성들에게는 도끼보다도 무서워하는 존재가 되는 것이다. 《시경》에,[5]

대단히 뚜렷하도다, 그 덕은.
모든 제후들 그것을 법으로 받드는도다.

라 하였다. 그러한 까닭에 군자가 돈독하고 공손하면 천하가 화평해지는 것이다. 《시경》에,[6]

나는 밝은 덕을 사모하나니,
풍악소리와 여색은 대단케 여기지 않는도다.

하였고, 선생님께서는,
"풍악소리와 여색은 백성들을 교화하는 데 있어서는 말단의 것들이다"
라고 하셨다.[7] 《시경》에,[8]

딕의 사멉기는 터럭 같다.

고 하였는데, 터럭은 여전히 비교될 데가 있다.

위에 있는 하늘의 일은
소리도 없고 냄새도 없다.[9]

고 한 것이 지극한 표현이다.

詩曰 衣錦尙絅이라하니 惡其文之著也라 故로 君子之道는 闇然而日章하고 小人之道는 的然而日亡하나니 君子之道는 淡而不厭하며 簡而文하며 溫而理니 知遠之近하며 知風之自하며 知微之顯이면 可與入德矣리라 詩云 潛雖伏矣나 亦孔之昭라하니 故로 君子는 內省不疚하여 無惡於志하나니 君子之所不可及者는 其唯人之所不見乎인저 詩云 相在爾室한대 尙不愧于屋漏라하니 故로 君子는 不動而敬하며 不言而信이니라 詩曰 奏假無言에 時靡有爭이라하니 是故로 君子는 不賞而民勸하며 不怒而民威於鈇鉞이니라 詩曰 不顯惟德을 百辟其刑之라하니 是故로 君子는 篤恭而天下平이니라 詩云 予懷明德의 不大聲以色이라하여늘 子曰 聲色之於化民에 末也라하시니라 詩曰 德輶如毛라하나 毛猶有倫하니 上天之載 無聲無臭아 至矣니라

이상은 제 33 장이다. 자사가 앞 장에서 극치를 말한 것을 계기로, 돌이켜 그 근본을 찾고, 다시 아래서 배워 자기를 위하고, 혼자 있을 때를 조심하는 일로부터 미루어서 말해나가 돈독·공손하여 천하가 화평해지는 대단한 지경에까지 이끌어갔다. 또 그 오묘함을 찬양하여 소리도 없고 냄새도 없는 경지에까지 가서 그쳤다. 전편(全篇)의 요지를 줄여서 말한 것으로, 그가 되풀이 간곡하게 사람들에게 보여준 뜻은

지극히 깊고 간절하다. 배우는 사람들이 마음을 다하지 않고
서야 되겠는가!

右는 第三十三章이라 子思因前章極致之言하여 反求其本하여 復自下學
爲己謹獨之事로 惟而言之하여 以馴致乎篤恭而天下平之盛하고 又贊其妙
하여 至於無聲無臭而後已焉하니 蓋擧一篇之要而約言之라 其反復丁寧示
人之意가 至深切矣니 學者는 其可不盡心乎아

1) 위풍 〈석인편(碩人篇)〉 제 1 장 제 2 구.
2) 소아 〈정월편(正月篇)〉 제 10 장 제 3, 4 구.
3) 대아 〈억편(抑篇)〉 제 7 장 제 5, 6 구.
4) 상송 〈열조편(烈祖篇)〉 제 9, 10 구.
5) 주송 〈열문편〉 제 12, 13 구.
6) 대아 〈황의편(皇矣篇)〉 제 7 장 제 2, 3 구.
7) 이 시에 대한 공자의 평.
8) 대아 〈증민편(烝民篇)〉 제 6 장 제 2 구.
9) 대아 〈문왕편(文王篇)〉 제 7 장 제 5, 6 구.

朱　熹

大學章句序

　　《대학》[1]이라는 책은 옛날 태학(大學)[2]에서 사람들을 가르치는 법을 다룬 것이다. 하늘에서 이 땅에 사람을 내면서부터 사람에게는 이미 인·의·예·지의 본성이 부여되지 않은 적이 없었다. 그러나 사람이 타고난 기질은 또 같을 수가 없었던 까닭에, 모두 자기 본성에 지니고 있는 것을 알아가지고서 그것을 완전하게 만들지는 못하였던 것이다. 그들 가운데에 총명하고 심오한 지혜를 지녀 자기의 본성을 다 발휘할 수 있는 사람이 나오기만 하면, 하늘이 반드시 그에게 명해서 억조의 백성들의 군사(君師)[3]가 되게 하여, 그를 시켜서 그들을 다스리고 가르쳐가지고 그들의 본성을 회복시키게 하였다. 이것이 목희·신농·황제·요·순이[4] 천명을 계승하여 법칙을 세우게 되었던 까닭이고, 사도(司徒)[5]의 직책과 전악(典樂)[6]의 관직이 만들어진 연유이다.

　삼대[7]의 융성했던 시기에 교육하는 법도가 점차로 구비해진 후에는, 왕궁과 국도(國都)와 여항(閭巷)에 이르기까지 다 학교가 생겼다. 사람이 나서 8세가 되면 왕(王)·공(公)부터 시작하여 평민에 이르기까지의 자제들이 다 소학에 들어갔으며, 그들에게는 물 뿌려 쓸고, 응대하고, 나오고 물러가는 절도와, 예법과 음악과 궁술과 마차 운전법과 서법과 산수(算數)[8]에 관한 글을 가르쳤다. 그들이 15세가 되면 천자의 맏아들·지채아들로부터 공(公)·경(卿)·대부(大夫)·원사(元士)[9]의 적자들과 평민들의 우수한 자들에 이르기까지 다 태학에 들어갔고, 그들에게는 이치를 탐구하고 마음을 바로잡고 자신의 덕을 닦고 남을 다스리는 도리를 가르쳤다. 이것은 또 학교의 가르침의 크고 작은 계제가 갈라지게 된 까닭이다. 학교 설립의 범위가 이러하였고, 가르치는 방도와 그 순서와 절차의 세목이 이러하였으나, 거기서 가르치는 내용은 또 다 임금이 몸소 실행하여 심득(心得)한 나머지의 것이어서, 사람들의 일상생활 이외의 것에서 찾기를 기대할 것은 없었다. 그러했기 때문에 그 시대의 사람들은 배우지 않은 사람이라고는 없었고, 거기서 배운 사람들은 자기의 본성과 본분에 본래부터 지니고 있는 것과, 직분으로 당연히 해야 할 것을 알아가지고 그 안에서 각각 노력하여서 자기의 역량을 다 발휘하지 않은 사람이라고는 없었다. 이것은 옛날 융성했던 시대에 정치가 위에서 잘되어나가고, 풍속이 밑에서 아름다워지게 되고, 그리고 후세의 추종을 허락하지 않게 된 까닭인 것이다.

주나라의 쇠미기에 이르러서는 현성(賢聖)한 임금이 나오지 않고, 학교의 운영이 되어나가지 않아 교화하는 힘은 약해지고 풍속은 퇴폐했다. 그때는 공자 같으신 성인이 계시기는 하였으나 군사(君師)의 지위를 얻어서 그 정치와 교육을 행하는 일을 하지 못하셨다. 그래서 홀로 선왕의 법도를 취하셔서 그것을 읽어 전해가지고 후세에 일러주셨던 것이다. 〈곡례(曲禮)〉[10] 〈소의(少儀)〉[11] 〈내칙(內則)〉[12] 〈제자직(弟子職)〉[13] 등의 여러 편은, 본래 소학의 말단적인 것을 다룬 것들이었고, 이 편은 소학에서의 성취에 입각하여 태학(大學)의 밝은 법도를 드러낸 것으로,[14] 밖으로는 태학의 규모의 큰 것이 다루어져 있고, 안으로는 태학의 절차의 세목이 다 다루어져 있다. 3000[15]으로 헤아리는 문도(門徒)들치고 태학에 관한 설명을 듣지 않은 이는 없었으나, 증씨[16]가 전한 것이 홀로 그 정통을 유지할 수 있었다. 그래서 해설을 지어서 그 뜻을 천명하였던 것이다. 맹자가 세상을 떠나고서는 그 전통이 없어져버렸으니, 그 책이 있기는 하였시반 아는 사람은 적었던 것이다.

그때부터는 일반 선비들의 경전을 암송하고 시문을 짓고 하는 습관은, 그 노력이 소학에서의 그것에 갑절이나 되었으나 쓸 데가 없었고, 이단적인 허무와 적멸(寂滅)[17]의 가르침은 그 고답하기가 태학의 그것을 능가하였으나, 실생활과는 관계가 없었다. 그 밖에 권모[18] 술수[19]를 비롯한 모든 공적과 명예를 이룩하게 한다는 설과, 그리고 온갖 사상가들과 갖은 기술자들의 유파로 세상을 현혹시키고, 백성들을 속이고, 인(仁)과 의(義)를 막아버리는 것들이 또 어지럽게 그 틈에 섞여 나와서, 그 당시의 군자는 불행하게도 큰 도(道)의 요체(要諦)를 들을 수 없게 만들고, 그 당시의 소인들은 불행하게도 이상적인 정치의 혜택을 받을 수 없게 만들어, 캄캄하니 보지 못하고, 답답하니 막혀가지고 된 고질(痼疾)을 되풀이하였는데, 5대[20]의 쇠미기에 이르러서는 파괴와 혼란이 극도에 달했다.

천도(天道)[21]의 운행은 순환하는 것이어서, 가버렸던 것치고 되돌아오지 않는 일은 없다. 송나라의 공덕이 융성하고, 정치와 교육이 아름답고 밝아서 하남의 정씨[22] 두 선생이 나오셔서 맹씨의 도통을 잇게 되었으니, 실로 이때부터 이 편을 존중하여 믿기 시작하여 그 뜻을 밝히 나타내게 된 것이다. 또 그 편차를 제대로 정리하고 그 취지를 밝혀놓은 후에, 옛날 태학에서 사람들을 가르치던 법과, 성인이 지은 경문(經文)과 현인이 쓴 전(傳)의 뜻이 찬연하게 다시 세상에 밝혀진 것으로, 불민한 나로서도 다행히 사숙(私淑)하여서 이에 관한 것을 듣게 된 것이다. 그러나 그 책이 그래도 무척 산란하였기 때문에 자기의 고루한 것도 잊고서 찾아서 모으고, 간혹 또 자기 생각도 외람되이 부기하여 빠진 데를 보충하고 뒤에 오는 군자들의 비판을 기다리기로 한 것이다. 참월(僭越)하여 죄를 모면할 길이 없음은 잘 알고 있기는 하나, 그러나 국가에서 백성들을 교화하여 좋은 풍속을 이룩하려는 뜻과, 배우는 사람들이 자기를 수양하고 남을 다스리는 방법에 있어서는 반드시 약간의 보익(補益)이 없지 않을 것이다.

순희 기유년 11월 갑자일에
신안 주희가 서문을 쓰다

大學之書는 古之大學에 所以敎人之法也라 蓋自天降生民으로 則旣莫不與之以仁義禮智之性矣언마는 然이나 其氣質之稟이 或不能齊라 是以로 不能皆有以知其性之所有而全之也라 一有聰明睿智能盡其性者 出於其間이면 則天必命之하여 以爲億兆之君師하여 使之治而敎之하여 以復其性하니 此는 伏羲神農黃帝堯舜所以繼天立極이요 而司徒之職과 典樂之官을 所由設也라

三代之隆에 其法이 寖備하니 然後에 王宮國都로 以及閭巷히 莫不有學하여 人生八歲어든 則自王公以下로 至於庶人之子弟히 皆入小學하여 而敎之以灑掃應對進退之節과 禮樂射御書數之文이라가 及其十有五年이어든 則自天子之元子衆子로 以至公卿大夫元士之適子와 與凡民之俊秀히 皆入大學하여 而敎之以窮理正心修己治人之道하니 此又學校之敎에 大小之節이 所以分也라 夫以學校之設이 其廣이 如此하고 敎之之術이 其次第節目之詳이 又

如此로되 而其所以爲敎는 則又皆本之人君躬行心得之餘요 不待
求之民生日用彝倫之外라 是以로 當世之人이 無不學하고 其學焉
者는 無不有以知其性分之所固有와 職分之所當爲하여 而各俛焉
以盡其力하니 此古昔盛時에 所以治隆於上하고 俗美於下하여 而
非後世之所能及也라 及周之衰하여 賢聖之君이 不作하고 學校之
政이 不修하여 敎化陵夷하고 風俗頹敗하니 時則有若孔子之聖 而
不得君師之位하여 以行其政敎하시니 於是에 獨取先王之法하여
誦而傳之하여 以詔後世하시니 若曲禮少儀內則弟子職諸篇은 固
小學之支流餘裔요 而此篇者는 則因小學之成功하여 以著大學之
明法하니 外有以極其規模之大하고 而內有以盡其節目之詳者也라
三千之徒 蓋莫不聞其說이언마는 而曾氏之傳이 獨得其宗이라 於
是에 作爲傳義하여 以發其意러니 及孟子沒而其傳이 泯焉하니 則
其書雖存이나 而知者鮮矣라

自是以來로 俗儒記誦詞章之習이 其功이라 倍於小學而無用하
고 異端虛無寂滅之敎 其高過於大學而無實하고 其他權謀術數一
切以就功名之說과 與夫百家衆技之流 所以惑世誣民하여 充塞仁
義者 又紛然雜出乎其間하여 使其君子로 不幸而不得聞大道之要
하고 其小人으로 不幸而不得蒙至治之澤하여 晦盲否塞하고 反覆
沈痼하여 以及五季之衰而壞亂이 極矣라

天運이 循環하여 無往不復일새 宋德이 隆盛하여 治敎休明이라
於是에 河南程氏兩夫子出 而有以接乎孟氏之傳하여 實始尊信此
篇而表章之하고 旣又爲之次其簡編하여 發其歸趣하니 然後에 古
者大學敎人之法과 聖經賢傳之指 粲然復明於世하니 雖以熹之不
敏으로도 亦幸私淑而與有聞焉이라 顧其爲書 猶頗放失일새 是以

로　忘其固陋하고　采而輯之하며　間亦竊附己意하여　補其闕略하고
以俟後之君子하노니　極知僭踰無所逃罪어니와　然이나　於國家化民
成俗之意와　學者修己治人之方엔　則未必無小補云이니라

淳熙己酉二月甲子
新安朱熹는　序하노라

1) 《대학》은 본래 《예기》49편 중에 제42편으로 들어 있던 것으로, 서한(西漢) 유향(劉向)은 그의 《별록(別錄)》에서 《대학》을 통론류에 열입(列入)하였다. 그가 《대학》을 통론류로 다룬 것은 《대학》이 유학을 개론한 저작이라고 보았기 때문이라 하겠다. 송대 이전에는 《대학》의 단행본은 없었다. 사마광(司馬光)이 《중용대학광의(中庸大學廣義)》를 저술하여서 비로소 《중용》과 병칭되었고, 《예기》에서 따로 다루어지게 되었던 것이다. 정호와 정이 형제는 계속하여 연구와 검토를 가했고, 주희는 정이의 정전(正傳)에 의거하여 《대학장구》를 만들었다. 경(經)은 1장 205자, 전(傳)은 10장 1546자로, 거기에 집주(集注)를 붙여서 《중용》《논어》《맹자》와 함께 사서로 합편하였다. 이후 《대학》은 명·청에 걸쳐 중국 학인의 필독서로 되었을 뿐 아니라 한국과 일본에서도 중국에 못지 않게 또는 그 이상으로 통독·연토(硏討)되었던 것이다.

2) 《대학》은 학교일 경우에는 '태학'이라고 읽는다(大 자는 太 자와 같음). 대학은 여기서는 중국 고대의 최고학부의 범칭으로 쓰여진 것인데, 지금의 대학과 대체로 비슷한 것이다. 이러한 최고학부로서 우순(虞舜) 때에는 '상양(上庠)'이 있었고, 하대에는 '동서(東序)'가 있었고, 상대에는 '우학(右學)'이 있었고, 주대에는 '동교(東膠)'가 있었다. 태학이라는 명칭은 한대에 와서 처음 생겼다.

3) 군사는 군주(君主) 겸 사장(師長). 옛날 이른바 정교합일의 시대에는 군주가 사장을 겸하는 것으로 생각되었다.

4) 복희·신농·황제·요·순은 다 전설상의 중국 고대의 성왕들이다. 전설에 의하면, 복희씨는 백성들에게 어렵(漁獵)과 목축을 가르치고, 결승(結繩)의 방법을 써서 즉 새끼에 매듭을 지어서 사건의 기억을 도와 정치를 했다. 신농씨는 온갖 풀을 맛보아서 그 성분을 구별하여 병을 고치고, 목제 농구를 만들어서 경작하는 것을 가르쳤다. 황제는 궁실을 건조하고, 창힐(倉頡)을 시켜 문자를 만들게 하고, 영륜(伶倫)을 시켜 음악의 율려(律呂)를 정하게 하고, 예수(隸首)를 시켜 산수의 이치를 풀어내게 하고, 기백(岐伯)을 시켜 의약의 이치를 밝히게 하고, 류조(嫘祖)를 시켜 잠상사업(蠶桑事業)을 일으키게 하여 문물제도를 크게 진보시켰다. 요·순에 관해서는 《논어》와 《맹자》에 되풀이 언급되어 있다.

5) 사도는 고대에 교육을 관장하던 관직이다. 《예기》〈왕제편〉에는 '사도는 사의 준수한 자를 선출하여서 그들을 학교에 보냈다'고 하였다. 〈제왕세기〉에 의하면, 순은 요의 사도였다. 순이 선양을 받자 설(契)을 시켜서 사도의 직을 맡아보게 하였다. 주대에도 사도의 직이 있었다.

6) 전악은 고대에 음악을 관장하던 관직. 순 임금은 기(夔)를 시켜 전악의 직을 맡아보게 하였다.

7) 3대는 하(夏)·은(殷)·주(周).

8) 이것이 이른바 6예(藝)다. 6예는 예(禮)·악(樂)·사(射)·어(御)·서(書)·수(數).

9) 경·대부·사는 다 각각 상·중·하의 계급이 있었다. 원사(元士)는 곧 상사(上士)다.

10) 〈곡례〉는 《예기》의 편명. 길(吉)·흉(凶)·빈(賓)·군(軍)·가(嘉)의 5예를 다룬 것이다.

11) 〈소의〉는 《예기》의 편명. 상견례·음식·연회 등의 예의를 다
　　룬 것이다.

12) 〈내칙〉 역시 《예기》의 편명. 부녀자의 예법을 다룬 것이다.

13) 〈제자직〉은 지금은 《관자(管子)》의 한 편으로 남아 있다. 《한
　　서》〈예문지〉에는 《효경》에 붙어 있다. 제자가 스승을 섬기는
　　예절을 다룬 것이다.

14) 즉 대학.

15) 《사기》〈공자세가〉에 의하면 공자는 시·서·예·악을 가르쳤
　　는데, 그의 제자는 3000명에 달했다.

16) 증씨는 증자(曾子). 이름은 삼(參), 자는 자여(子輿). 노나라
　　남무성(南武城) 사람으로 공자의 제자. 공자의 학술의 정전을
　　체득하였다 하여 그를 종성증자(宗聖曾子)라고 부르기도 한다.

17) '허무'는 도가의 도를 가리키는 말. '적멸'은 불가의 도를 가
　　리키는 말.

18) 임기응변하여 모략 술책을 써서 외교나 전쟁의 목적을 달성하
　　는 방편.

19) 법치하는 술책을 비롯하여 점술·음양오행의 상생상극(相生相
　　剋)하는 이치를 가지고 인사의 길흉을 추측하는 것 등을 두루
　　포괄하여 술수라고 한다.

20) 당에 이어서 일어난, 역사가 짧은 나라들로, 후양·후당·후
　　진·후한·후주를 5대로 합칭한다.

21) 5대의 쇠미기에 이어 송이 일어난 것을 송양(頌揚)하는 어조로
　　한 말이다.

22) 정호와 정이. 정호의 자는 백순(伯淳), 호는 명도(明道). 정이
　　의 자는 정숙(正叔), 호는 이천(伊川), 정호의 동생. 이들은 북
　　송 하남 낙양인이다. 정호를 대정자(大程子), 정이를 소정자
　　(小程子)로 부르기도 한다. 주희는 두 정씨가 중단되었던 맹자
　　의 도통을 계승하였다고 생각했던 것이다.

朱熹章句

大 學

정자께서 말씀하셨다.

"《대학》은 공자가 남긴 글이고, 초학자가 덕으로 들어가는 문호(門戶)다. 지금에 있으면서 옛날 사람들이 학문을 한 차서(次序)를 알 수 있게 된 것은 오직 이 책이 남아 있기 때문이고, 《논어》와 《맹자》는 그 다음이다. 배우는 사람들이 반드시 이 책에 따라서 배운다면 거의 착오를 범하지 않게 될 것이다."

子程子曰 大學은 孔氏之遺書而初學入德之門也라 於今에 可見古人爲學次第者는 獨賴此篇之存이요 而論孟次之하니 學者必由是而學焉이면 則庶乎其不差矣리라

1

대학의 도(道)[1]는 광명한 덕을 밝히는 데 있고,[2] 백

성들을 새롭게 하는 데 있고,[3] 지극한 선에 머물러 있는 데[4] 있다.

(마음은) 머물러 있을 줄을 알게 된 후에야 정해지고, 정해진 후에야 조용해질 수 있고, 조용해진 후에야 편안해질 수 있고, 편안해진 후에야 사고할 수 있고, 사고하게 된 후에야 터득할 수 있게 된다.

사물에는 근본되는 것과 말단적인 것이 있고, 처음 할 것과 끝에 할 것이 있다. 먼저 하고 뒤에 할 바를 알면 도에 가까워지게 될 것이다.

옛날의 광명한 덕을 천하에 밝히려고 한 사람은 먼저 자기의 나라[5]를 다스렸고, 자기의 나라를 다스리려고 한 사람은 먼저 자기의 집을 정돈하였고,[6] 자기의 집을 정돈하려고 한 사람은 먼저 자신의 덕을 닦았다. 자기 자신의 덕을 닦으려고 한 사람은 먼저 자기의 마음을 바로잡았다. 자기의 마음을 바로잡으려고 한 사람은 먼저 자기의 생각을 성실하게 하였다. 자기의 생각을 성실하게 하려고 한 사람은 먼저 자기의 지혜를 넓혔다. 지혜를 넓히는 것은 사물의 이치를 구명하는 데 달렸다.

사물의 이치가 구명된 후에야 지혜가 생긴다. 지혜가 생긴 후에야 생각이 성실해진다. 생각이 성실해진 후에야 마음이 바로잡힌다. 마음이 바로잡힌 후에야 자신의 덕이 닦아진다. 자신의 덕이 닦아진 후에야 집이 정돈된다. 집이 정돈된 후에야 나라가 다스려진다.

나라가 다스려진 후에야 천하가 화평해진다.

천자로부터 서인에 이르기까지 똑같이 다 자신의 덕을 닦는 것을 근본으로 삼는다. 자기의 근본된 것이 어지러우면서 말단적인 것이 다스려지는 사람이란 있을 수 없다. 자기가 후하게 할 데에 박하게 하고서 박하게 할 데에 후하게 한 사람은 여지껏 나와본 일이 없다.

大學之道는 在明明德하며 在親民하며 在止於至善이니라

知止而后有定이니 定而后能靜하고 靜而后能安하고 安而后能慮하고 慮而后能得이니라

物有本末하고 事有終始하니 知所先後면 則近道矣리라

古之欲明明德於天下者는 先治其國하고 欲治其國者는 先齊其家하고 欲齊其家者는 先修其身하고 欲脩其身者는 先正其心하고 欲正其心者는 先誠其意하고 欲誠其意者는 先致其知하니 致知는 在格物하니라

物格而后知至하고 知至而后意誠하고 意誠而后心正하고 心正而后身脩하고 身脩而后家齊하고 家齊而后國治하고 國治而后天下平이니라

自天子로 以至於庶人이 壹是皆以脩身爲本이니라 其本이 亂而末治者否矣며 其所厚者薄이요 而其所薄者厚는 未之有也니라

이상은 경 1 장이다. 이것은 공자의 말씀이었는데, 증자가 그것을 진술하였다(도합 205자다). 전(傳) 10 장은 증자의 생각이었는데, 그의 문인이 그것을 기록하였다. 구본(舊本)에

는 착간(錯簡)이 무척 많다. 지금 정자가 정해놓은 것에 따라서 다시 경문을 참고하여 따로 다음과 같이 차서를 지었다 (도합 1546자다). 〔전문(傳文)에는 경전을 잡박하게 인용하고 있어서 계통이 없는 것 같다. 그러나 문리(文理)가 접속되어 있고, 혈맥이 관통하여, 깊고 얕은 것과 처음과 끝이 지극히 정밀하다. 숙독하고 자세히 완미하여 오래되면, 당연히 알게 될 것이므로 지금은 다 풀이하지는 않겠다.〕

右는 經一章이라 蓋孔子之言을 而曾子述之하고(凡二百五字) 其傳十章은 則曾子之意 而門人記之也라 舊本에 頗有錯簡하여 今因程子所定하고 而更考經文하여 別爲序次如左하노라〔(凡千五百四十六字) 凡傳文은 雜引經傳하여 若無統紀라 然이나 文理接續하고 血脈貫通하여 深淺始終이 至爲精密하니 熟讀詳味하면 久當見之일새 今不盡釋也〕하노라

1) 대학을 주희는 '대인지학'으로 풀이했다. '대학의 도'는 대학의 이념 내지 정신.
2) '광명한 덕'은 '明德'을 옮긴 말. 자기가 지니고 있는 광명한 덕을 더 드러내어 뚜렷하게 한다는 것이다. 〔공영달 소(疏)〕 명덕이란 사람이 하늘에서 얻은 것으로 공허·영민하게 밝아 가지고 온갖 이치를 갖추고 만사에 응용하는 것이다. 그러나 타고난 기질에 구애되고 욕망에 가리어지면 때로는 어두워진다. 그러나 그 본래 지니고 있는 광명은 꺼지지 않는다. 그래서 배우는 사람은 그것이 발하는 것에 따라서 밝혀서 그 시초로 돌아가게 해야 한다. (주희 설)
3) 원문은 '親'. 정자가 '新'으로 해야 한다는 설에 따라 '새롭게 한다'로 옮긴 것이다. 주희는, 백성들의 구악(舊惡)을 혁신하

는 것으로 풀이하여, 자기의 광명한 덕을 밝히고 나서 또 그것을 미루어 남에게까지 미치게 하여, 그들의 구래(舊來)에 물든 폐단을 버리게 만들어줌을 말한 것이라고 하였다. 공영달은 '親'자를 그대로 취하여 대학의 도는 백성들에게 친애하게 하는 데 있다고 풀이하였다.

4) 지극한 선은 사리의 당연한 극치다. 광명한 덕을 밝히고 백성을 새롭게 하는 것은 다 지극히 선한 데에 머물러 있어 옮겨가지 말아야 함을 말한 것이다. (주희 설) 대학의 도는 지극히 선한 행위에 머물러 있는 데 있다. (공영달 소)

5) '나라'는 제후국.

6) 지금 같은 단가(單家) 살림하는 가정은 물론이거니와, 고대 중국의 대가족제도 아래서는 그것을 잘 관리해나가기란 더욱 어려운 일이었다.

2

〈강고(康誥)〉[1]에는,

덕을 밝게 할 수 있다.

고 하였고, 〈태갑(大甲)〉[2]에는,

이 하늘의 밝은 명령을 돌본다.

고 하였고, 〈제전(帝典)〉[3]에는,

높은 덕을 밝게 할 수 있다.

고 하였는데, 다 스스로 밝게 하는 것이다.

康誥曰 克明德이라하며 大甲曰 顧諟天之明命이라하며 帝典曰 克明峻德이라하니 皆自明也니라

이상은 전(傳)의 첫 장이다. '광명한 덕을 밝힌다'는 뜻을 풀이한 것이다(이 장에서 아래 세 장까지는 구본에는 잘못하여 '몰세불망(沒世不忘)' 밑에 가 있다).

右는 傳之首章이라 釋明明德하니라 〔此通下三章 至止於信하여 舊本에 誤在沒世不忘之下하니라〕

1) 《서경》(하동) 주서(周書)의 편명.
2) 《상서(商書)》의 편명. '하늘의 밝은 명령'은 하늘이 나에게 준 것을 내가 덕으로 하는 것이다. '돌본다'는 것은 늘 눈을 거기에 두는 것. (이상 주희 주)
3) 우서(虞書)의 요전(堯典).

3

탕(湯)왕의 반명(盤銘)[1]에는,

진실로 날로 새로워지고, 나날이 새로워지고, 또 날로 새로워질지라.

라고 하였다. 〈강고〉에는,

　새로워지는 백성들을 진작시킨다.

고 하였다. 《시경》에는, [2]

　주 비록 오래 된 나라이나
　그 (받은 바) 천명은 새롭도다.

라고 하였다. 그러므로 군자는 그 극치를 적용하지 않는 곳이 없는 것이다.

　湯之盤銘에 曰 苟日新이어든 日日新하고 又日新이라하며 康誥에 曰 作新民이라하며 詩曰 周雖舊邦이나 其命維新이라하니 是故로 君子는 無所不用其極이니라

　이상은 전의 2장이다. '백성을 새롭게 한다'를 풀이하였다.

　右는 傳之二章이라 釋新民하니라

1) 탕왕이 목욕하는 그릇에 새긴 글.
2) 대아 〈문왕편〉 제 1 장 제 3,4 구.

4

《시경》에,[1]

> 경기 1000리는
> 백성들이 머물러 있는 곳이로다.

라 하였다. 《시경》에,[2]

> 꾀꼴꾀꼴 하는 꾀꼴새
> 언덕 한구석에 머물러 있도다.

라 하였다. 선생님께서 말씀하시기를,
"머무는 데는 제가 머물러 있을 곳을 안다. 사람이 되어가지고 새만도 못해서야 되겠느냐?"[3]
라 하셨다.
《시경》에,[4]

> 훌륭하다, 문왕은.
> 아아 끊임없이 빛나게 공경스럽게 머물러 있도다.

라 하였다. 남의 임금이 되어서는 인자함에 머물러 있었고, 님의 신하가 되어서는 공경스러움에 머물러 있었고, 남의 아들이 되어서는 효성스러움에 머물러 있었고, 남의 부친이 되어서는 자애스러움에 머물러 있

었고, 사람과 사귀게 되면 신용에 머물러 있었다.[5]
《시경》에,[6]

> 저 기욱(淇澳)을 보라.
> 녹죽(菉竹)이 아름답게 무성하도다.
> 훤하신 군자,
> 끊어놓은 듯 닦아놓은 듯,
> 다듬어놓은 듯 갈아놓은 듯,
> 엄연하고 의연하고
> 빛나고 훤출하다.
> 훤하신 군자,
> 내내 잊지 못하리로다.

라 하였다. '끊어놓은 듯 닦아놓은 듯'은 학문을 말한 것이고, '다듬어놓은 듯 갈아놓은 듯'은 스스로 덕을 닦은 것이고, '엄연하고 의연하고'는 위풍이 무서운 것이고, '빛나고 훤출하다'는 위의(威儀)이다. '훤하신 군자, 내내 잊지 못하리로다'는 대단한 덕과 지극한 선을 백성들이 잊지 못함을 말한 것이다.
《시경》에,[7]

> 아아, 전왕(前王) 잊지 못하겠노라.

라 하였다. 군자는 자기의 현량한 인재를 현량한 인재

로 대접하고, 자기의 어버이를 어버이로 받들었으나, 소인은 자기의 즐거움을 즐기고, 자기의 이익을 이익으로 취했다. 이 때문에 세상을 떠났는데도 잊지 못해 한 것이다.

詩云 邦畿千里여 惟民所止라하니라 詩云 緡蠻黃鳥여 止于丘隅라하여늘 子曰 於止에 知其所止로소니 可以人而不如鳥乎아하시니라

詩云 穆穆文王이여 於緝熙敬止라하니 爲人君엔 止於仁하시고 爲人臣엔 止於敬하시고 爲人子엔 止於孝하시고 爲人父엔 止於慈하시고 與國人交엔 止於信이러시다

詩云 瞻彼淇澳한대 菉竹猗猗로다 有斐君子여 如切如磋하며 如琢如磨로다 瑟兮僩兮며 赫兮喧兮니 有斐君子여 終不可喧兮라하니 如切如磋者는 道學也요 如琢如磨者는 自修也요 瑟兮僩兮者는 恂慄也요 赫兮喧兮者는 威儀也요 有斐君子終不可諠兮者는 道盛德至善을 民之不能忘也니라

詩云 於戲라 前王不忘이라하니 君子는 賢其賢而親其親하고 小人은 樂其樂而利其利하나니 此以沒世不忘也니라

이상은 전의 3장이다. '지극한 선에 머무른다'를 풀이했다. 〔이 장의 기욱시(淇澳詩)를 인용한 데서부터 끝까지가 구본에는 성의장(誠意章) 아래에 잘못 들어가 있었다.〕

右는 傳之三章이라 釋止於至善하니라 此章內에 自引淇澳詩以下는 舊本誤在誠意章下하니라

1) 상송(商頌) 〈현조편(玄鳥篇)〉 제14, 15구.
2) 소아 〈면만편(緜蠻篇)〉 제1, 2장.
3) 공자의 〈면만편〉에 대한 평설(評說).
4) 대아 〈문왕편〉 제4장 제1, 2구. 이 시구는 주희 주에 의해 옮긴 것으로, 다른 해석도 있다.
5) 주 문왕이 그렇게 했다는 것이다.
6) 위풍 〈기욱시〉 제1장. 대체로 주희 주에 맞도록 옮겼다. 이 시의 상세한 해의(解義)는 졸문 〈위풍초3편시론〉《아세아연구》 제2권 제2호, 1959년) 참조.
7) 주송 〈열문편〉 끝구. 전왕은 문왕과 무왕.

5

선생님께서 말씀하시기를,
"송사(訟事)를 들어서 처리하는 것은 나도 남과 같지마는 반드시 송사가 없게 만들어야 할 게다"[1]라고 하셨다. 사실이 없는 말을 하는 자들이 그들의 거짓말을 멋대로 지껄여대지 못하고 백성들의 의사를 크게 두려워하게 만든 일이다. 이런 것을 두고 근본을 안다고 하는 것이다.

子曰 聽訟이 吾猶人也나 必也使無訟乎인저하시니 無情者不得盡其辭하고 大畏民志니 此謂知本이니라

이상은 전의 4장이다. 근본되는 것과 말단적인 것을 풀이하였다. 〔이 장이 구본에는 '신용에서 머물러 있다' 밑에 잘

못 들어가 있었다.〕

右는 傳之四章이라 釋本末하니라 〔此章은 舊本에 誤在止於信下하니라〕

1) 공자의 말. 광명한 덕이 백성들에게 두루 미쳐서 그들이 성실해져 사실무근한 소리를 하지 않게 하여 송사 자체가 생겨나지 않도록 만드는 것이 해야 할 근본이 되는 일이다. 그러한 허탄무실(虛誕無實)한 자가 이미 생겨난 후에 그로 말미암아 일어나는 송사를 처리하는 것은 그야말로 말단적인 일이다.

<h1 style="text-align:center">6</h1>

이런 것을 두고 근본을 아는 것이라고 하는 것이다.[1]
이런 것을 두고 지혜가 생겨온다고 하는 것이다.[2]

此謂知本이라 此謂知之至也니라

이상은 전의 5장이다.

(이 장은 본래) 사물의 이치를 구명하여 지혜를 넓힌다는 뜻을 풀이한 것이었으나 지금은 그 본문이 없어졌다. 근자에 외람되이 정자의 뜻을 취해서 이렇게 보충해보았다.[3] 이른바 지혜를 넓히는 것은 사물의 이치를 구명하는 데 있는 것인데, 내 지혜를 넓히려고 하면 (그 희망을 달성하기는) 사물에 속해서 그 이치를 구명하기에 달려 있음을 말한 것이다. 사람의 마음의 영민한 데는 아는 힘을 갖추고 있지 않은 경우가 없고, 천하의 사물에는 이치가 없는 일이 없다. 다만

이치에 구명되지 않은 데가 있기 때문에 그 아는 힘을 다 발휘하지 못하는 점이 생기게 되는 것이다. 그러한 까닭에 태학에서 처음 가르칠 때에는 반드시 배우는 사람으로 하여금 모든 천하의 사물에 즉하여 자기가 이미 알고 있는 이치에 따라서 더욱 그것을 추궁하며, 그 극한에까지 도달하게 되기를 바라도록 만드는 것이다. 노력하는 것이 오래되어서 일단 활짝하니 관통하기에 이르면, 온갖 사물의 표면과 이면, 정밀하고 세세한 면과 조잡한 면이 나타나지 않는 것이 없게 되고, 그리고 내 마음의 전체의 큰 작용이 뚜렷해지지 않는 일이 없게 되는 것이다. 이런 것을 두고 사물의 이치가 구명되었다고 하고, 이런 것을 두고 지혜가 생겼다고 하는 것이다.

右는 傳之五章이라 蓋釋格物致知之義而今亡矣라 〔此章은 舊本에 通下章하여 誤在經文之下하니라〕 間嘗竊取程子之意하여 以補之曰 所謂致知는 在格物者는 言欲致吾之知인댄 在卽物而窮其理也라 蓋人心之靈이 莫不有知요 而天下之物이 莫不有理언마는 惟於理에 有未窮이라 故로 其知有不盡也니 是以로 大學始敎에 必使學者로 卽凡天下之物하여 莫不因其已知之理而益窮之하여 以求至乎其極하나니 至於用力之久而一旦豁然貫通焉 則衆物之表裏精粗 無不到하고 而吾心之全體大用이 無不明矣리니 此謂物格이며 此謂知之至也니라

1) 정자는 이것을 연문(衍文)이라고 하였다. (주희 주)
2) 이 구 위에는 따로 빠진 글이 있었을 것이고, 이것은 단지 그 결어(結語)였을 뿐이다. (주희 주)

3) 주희는 본장에 빠진 글이 있다고 보고, 또 그것이 경문의 '사물의 이치를 구명하여 지혜를 넓힌다'를 풀이한 글이었다고 보고서, 정자의 생각에 입각하여 그 빠진 부분의 뜻을 보충·설명한 것이다. 주희의 이 이른바 보망장(補亡章)에는 종래 학자들이 극도로 경탄하여 마지 않았다. 주희는 경문의 그 말은 배우는 사람이 이치를 구명하는 노력을 오래 경주하고 있노라면 어느 단계에 가서는 그 마음이 홀연히 밝아져서 온갖 사물의 이치에 절로 통하게 된다는 의미로 풀이한 것이다. 그러나《대학》경문의 본지(本旨)와 부합하느냐의 여부를 결정하는 데는 더 엄밀한 비판이 요구된다고 여겨진다. 정현은 그의 주에서, '자기의 지혜가 선한 데에 깊으면 선한 사물을 오게 하고, 자기의 지혜가 악한 데에 깊으면 악한 사물을 오게 하는 것으로, 사물은 사람의 좋아하는 바에 따라서 온다는 것을 말한 것이다'라고 풀이했다.《대학》에서는 지혜 내지 지식을 넓히는 길은 사물의 이치를 구명하는 데 있다는 극히 기본적인 점을 말한 데 불과하지, 결코 도통하여 마음의 광명으로 무불통지해지는 것을 말하려는 것은 아닌 것으로 생각된다. 다만 그러한 훈련이 잘 되고 경험이 쌓이면 사리를 분별하는 힘이 늘 것임에 틀림없다.

7

이른바 자기의 생각을 성실하게 한다는 것은 자기를 속이는 일이 없도록 하는 것이다. 나쁜 냄새를 싫어하는 것같이 (악을 미워하고), 잘 생긴 여인을 좋아하는 것같이 (선을 좋아하는 것이다). 이런 것을 두고 스스로 겸손하다고 하는 것이다. 그래서 군자는 반드시 그가 혼자 있는 때를 조심하는 것이다.

소인이 혼자 있으면서 못하는 짓 없이 나쁜 짓을 하다가 군자를 만나고서는 자기의 나쁜 짓을 가리고 자기의 선함을 드러내려 한다. 남이 자기를 보는 것이 자기의 폐나 간 속을 들여다보는 것 같은데, 그렇게 군다고 무슨 보탬이 되겠는가? 이런 것을 두고 속에서 성실하면 그것이 밖으로 나타난다고 하는 것이다. 그래서 군자는 반드시 그가 혼자 있을 때를 조심하는 것이다.

증자께서 말씀하시기를,

"열 눈이 보고 있는 데이고, 열 손가락이 가리키고 있는 데이니, 엄하기도 하다"[1]

고 하셨다. 재부(財富)는 집을 윤택하게 하는데, 덕은 몸을 윤택하게 하여 마음이 넓어지고 몸이 푸근해진다. 그래서 군자는 반드시 자기 생각을 성실하게 하는 것이다.

所謂誠其意者는 毋自欺也니 如惡惡臭하고 如好好色하나니 此之謂自謙이라 故로 君子는 必愼其獨也니라

小人이 閒居에 爲不善하되 無所不至라가 見君子而后에 厭然揜其不善하고 而著其善하나니 人之視己를 如見其肺肝然이니 則何益矣리오 此謂 誠於中이면 形於外라 故로 君子는 必愼其獨也니라

曾子曰 十目所視며 十手所指니 其嚴乎인저 富潤屋이요 德潤身이니 心廣體胖이라 故로 君子는 必誠其意니라

이상은 전의 6장이다. '생각을 성실하게 한다'를 풀이하였다. 〔경문에 '자기의 생각을 성실하게 하려면 먼저 자기의 지혜를 넓힌다'고 하였고, 또 '지혜가 생겨온 후에야 생각이 성

실해진다'고 하였는데, 마음 자체의 광명에 미진한 데가 있으면, 그것이 발동하는 데에는 반드시 실제로 그 힘을 작용시킬 수 없고, 구차스럽게 자기를 속이는 일이 생기게 될 것이다. 그러나 혹 이미 밝아졌는데도 그것을 조심스럽게 다루지 않으면 그 밝아진 것이 또 자기의 것이 아니어서, 그것을 덕으로 나가는 기초로 만들 길이 없어진다. 그러므로 이 장의 뜻은, 반드시 위 장을 받아서 함께 고찰한 연후라야 노력하는 것의 처음과 끝을 알 길이 생긴다는 것이다. 그 차서를 혼란시킬 수 없음과 그 공력(功力)을 들이지 않을 수 없음이 이러하다.〕

右는 傳之六章이니 釋誠意하니라 〔經에 曰 欲誠其意인댄 先致其知라하고 又曰 知至而后에 意誠이라하니 蓋心體之明이 有所未盡이면 則其所發이 必有不能實用其力하여 而苟焉以自欺者라 然이나 或已明而不謹乎此면 則其所明이 又非己有하여 而無以爲進德之基라 故로 此章之指를 必承上章而通考之然後에 有以見其用力之始終이니 其序不可亂而功不可闕이 如此云이라〕

1) 자기 혼자 있는 곳이라 하더라도, 이렇게 엄숙하게 여기어 생각을 성실하게 가지고 산다는 것이다.

8

이른바 자신이 덕을 닦는 것이 자기의 마음을 바로잡는 데 달렸다는 것은, 마음에¹⁾ 성내는 것이 있으면 그것의 올바른 상태를 얻지 못하고, 두려워하는 것이 있으면 그것의 올바른 상태를 얻지 못하고, 좋아하고 즐거워하는 것이 있으면 그것의 올바른 상태를 얻지 못하고, 근심하는 것이 있으면 그것의 올바른 상태를 얻지 못해서이다.

마음이 거기에 있지 아니하면 보아도 보이지 않고, 들어도 들리지 않고, 먹어도 그 맛을 모른다. 이런 것을 두고 자신의 덕을 닦는 것은 자기의 마음을 바로잡는 데 달렸다고 하는 것이다.

所謂修身이 在正其心者는 身有所忿恨면 則不得其正하며 有所恐懼면 則不得其正하며 有所好樂이면 則不得其正하며 有所憂患이면 則不得其正이니라

心不在焉이면 視而不見하며 聽而不聞하며 食而不知其味니라 此謂修身이 在正其心이니라

이상은 전의 7장이다. 마음을 바로잡음과 자신의 덕을 닦음을 풀이하였다. 〔이것 역시 위 장을 받아서 아래 장을 끌어낸 것이다. 생각이 성실하면 진정으로 악이 없어지고 실제로 선이 생긴다. 그래서 그러한 마음을 지니고서 자기 몸을 단속할 수 있게 되는 것이다. 그러나 혹 생각을 성실하게 하는 것만 알고, 이 마음이 지녀져 있는가의 여부를 살피지 못하면, 또 속을 곧게 가져가지고 자신의 덕을 닦을 길이 없어진다. 여기서부터는 구본의 글이 바르다.〕

右는 傳之七章이니 釋正心修身하니라 〔此亦承上章하여 以起下章이라 蓋

意誠이면 則眞無惡而實有善矣니 所以能存是心以檢其身이라 然이나 或但
知誠意하고 而不能密察此心之存否면 則又無以直內而修身也라 自此以下
는 竝以舊文爲正하노라)

1) 원문은 '身', 즉 몸 내지 자신이다. 정자의 교정에 따라 '心'자
   로 취하여 '마음'으로 옮긴 것이다.

9

이른바 자기 집을 정돈하는 것이 자신의 덕을 닦는
데 달렸다고 하는 것은, 사람이란 자기가 가까이 하고
사랑하는 것에는 치우치게 굴게 되고, 자기가 천히 여
기고 미워하는 것에는 치우치게 굴게 되고, 자기가 두
려워하고 공경하는 것에는 치우치게 굴게 되고, 자기가
슬퍼하고 긍휼히 여기는 것에는 치우치게 굴게 되고,
자기가 오만하고 게으르게 다루는 것에는 치우치게 굴
게 되어서이다. 그러므로 좋아하면서도 그것의 나쁜 점
을 알고, 미워하면서도 그것의 좋은 점을 아는 사람이
란 천하에 드물다. 그래서 속담에,

  사람이란 자기 자식의 악한 것을 알지 못하고, 자
기 곡식 싹의 큰 것을 알지 못한다.

고 한 것이다.

이런 것은 자신의 덕이 닦여지지 않으면 자기 집을 정돈할 수 없음을 말한 것이다.

所謂齊其家는 在修其身者는 人이 之其所親愛而辟焉하며 之其所賤惡而辟焉하며 之其所畏敬而辟焉하며 之其所哀矜而辟焉하며 之其所敖惰而辟焉하나니 故로 好而知其惡하며 惡而知其美者는 天下에 鮮矣니라 故로 諺에 有之하니 曰 人莫知其子之惡하며 莫知其苗之碩이라하니라

此謂身不修면 不可以齊其家니라

이상은 전의 8장이다. 자신의 덕을 닦음과 집을 정돈함을 풀이하였다.

右는 傳之八章이니 釋修身齊家하니라

10

이른바 나라 다스리는 데는 반드시 먼저 자기 집을 정돈해야 한다는 것은, 자기 집을 가르칠 수 없으면서 남을 가르쳐낼 사람은 없어서이다. 그래서 군자는 집에서 나가지 않고서 나라에 가르침을 이룩하는 것이다. 효라는 것은 임금을 섬기는 길이고, 우애라는 것은 어른을 섬기는 길이고, 자애라는 것은 여러 사람을 부리는 길이다.[1] 〈강고〉에,

갓난아기를 보아주는 것같이 한다.

고 하였다. 마음으로 성실하게 구하면, 적중하지 않는다 하더라도 멀리 벗어나지는 않을 것이다. 여지껏 자식 기르기를 배우고 난 후에 시집간 사람은 없었다.

한 집이 인자하면 온 나라에 인자한 기풍이 일어나고, 한 집이 겸양하면 온 나라에 겸양하는 기풍이 일어나고, 한 사람[2]이 탐욕이 심하면 온 나라가 난동을 일으킨다. 그 기틀이 이와 같다. 이것은 한 마디 말이 일을 깨뜨리고, 한 사람이 나라의 방향을 정한다는 것을 말한 것이다.

요임금과 순임금은 천하를 거느리는 데 인자함으로써 하였는데 백성들이 그대로 따라 했고, 걸(桀)과 주(紂)는 천하를 거느리는 데 포악함으로써 하였는데 백성들이 그대로 따라 했다. 자기가 명령하는 것이 자기가 좋아하는 것에 반대되면 백성들은 복종하지 않는다. 그러하기 때문에 군자는 자기가 갖추고 나서 남에게 그것을 갖추도록 요구하고, 자기에게 없게 되고 나서 그것을 남에게 비난한다. 자신에게 간직하고 있는 것을 남의 경우에는 용서해주지 않고서 남에게 그 일을 승복시켜 낸 사람은 여지껏 있어본 일이 없다.

그러므로 나라를 다스리는 것은 자기 집 정돈하는 데 달려 있다.

《시경》에,[3]

복숭아나무의 싱싱함이여
그 잎 무성하도다.
이 아가씨 출가하시나니
그의 집안 사람들에게 잘하리로다.

라 하였다. 자기 집안 사람들에게 잘하고 나서야 나라
사람들을 가르칠 수 있다.
《시경》에, [4]

형에게 잘하고 동생에게 잘하는도다.

라 하였다. 형에게 잘하고 동생에게 잘하고 나서야 나
라 사람들을 가르칠 수 있다.
《시경》에, [5]

그 법도 어긋나는 일 없어
이 사방의 나라를 바로잡는도다.

라고 하였다. 자기가 부친으로서 아들로서 형으로서 동
생으로서 본받을 만해지고 나서야 백성들이 본받는다.
이런 것들은 나라 다스리는 것이 자기 집 정돈하기에
달렸음을 말하는 것이다.

所謂治國이 必先齊其家者는 其家를 不可教요 而能教人者無之
하니 故로 君子는 不出家而成教於國하나니 孝者는 所以事君也요

弟者는 所以事長也요 慈者는 所以使衆也니라 康誥에 曰 如保赤子
라하니 心誠求之면 雖不中이나 不遠矣리니 未有學養子而后嫁者也
니라

一家仁이면 一國이 興仁하고 一家讓이면 一國이 興讓하고 一人
貪戾면 一國이 作亂하나니 其機如此하니 此謂一言이 憤事며 一人
이 定國이니라

堯舜이 帥天下以仁한대 而民이 從之하고 桀紂帥天下以暴한대
而民이 從之하니 其所令이 反其所好면 而民이 不從하나니 是故로
君子는 有諸己而后이 求諸人하며 無諸己而后이 非諸人하나니 所
藏乎身이 不恕요 而能喩諸人者 未之有也니라

故로 治國이 在齊其家니라 詩云 桃之夭夭여 其葉蓁蓁이로다 之
子于歸여 宜其家人이라하니 宜其家人而后에 可以敎國人이니라

詩云 宜兄宜弟라하니 宜兄宜弟而后에 可以敎國人이니라

詩云 其儀不忒이라 正是四國이라하니 其爲父子兄弟足法而后에
民法之也니라

此謂治國이 在齊其家니라

이상은 전의 9장이다. 집 정돈하는 것과 나라 다스리는 것
을 풀이하였다.

右는 傳之九章이니 釋齊家治國하니라

1) 효·우애·자애 등은 집안에서 필요한 덕성들이기는 하나, 집안
   에서 그것들을 잘해내면 역시 남을 가르치고 다스릴 수 있게 된
   다는 이론이다.

2) ‘한 사람’은 여기서는 특히 국군(國君)을 가리켜 말한 것으로 이해되어왔다.
3) 주남(周南) 〈도요편(桃夭篇)〉 제3장.
4) 소아 〈요소편(蓼蕭篇)〉 제3장 끝2구.
5) 조풍 〈시구편〉 제3장 끝2구.

11

이른바 천하를 화평하게 하는 것이 자기의 나라를 다스리는 데 달려 있다고 하는 것은, 윗자리에 있는 사람이 늙은이를 늙은이로 모시면 백성들 사이에 효성스러운 기풍이 일어나고, 윗자리에 있는 사람이 연장자를 연장자로 받들면 백성들 사이에 우애하는 기풍이 일어나고, 윗자리에 있는 사람이 고아를 긍휼히 여기면 백성들이 배반하지 않는다. 그러한 까닭에 군자는 척도로 살펴보는 방법[1]을 가지고 있는 것이다.

윗사람을 미워하게 만드는 그러한 태도로 아랫사람을 부리지 말 것이며, 아랫사람을 미워하게 만드는 그러한 태도로 윗사람을 섬기지 말 것이며, 앞 사람을 미워하게 만드는 그러한 태도로 뒷사람에게 먼저 하지 말 것이며, 뒷사람을 미워하게 만드는 그러한 태도로 앞 사람과 상종하지 말 것이며, 오른쪽 사람을 미워하게 만드는 그러한 태도로 왼쪽 사람과 사귀지 말 것이며, 왼쪽 사람을 미워하게 만드는 그러한 태도로 오른쪽 사람과 사귀지 말 것이다. 이런 것을 두고 척도로 살펴보는

방법이라고 하는 것이다.[2]
　《시경》에,[3]

　　복받으신 저 군자
　　백성들의 부모시라.

고 하였다. 백성들이 좋아하는 것을 좋아하고, 백성들이 싫어하는 것을 싫어하는 것이다. 그런 것을 백성의 부모라고 하는 것이다.
　《시경》에,[4]

　　깎은 듯이 높은 저 남쪽의 산,
　　돌들이 우뚝우뚝 쌓여 있구나.
　　적적한 윤태사(尹太師)여
　　백성들은 다 같이 그대를 바라본다.

라고 하였다. 나라를 차지하고 있는 사람은 조심하지 않을 수 없다. 편벽되게 굴면 천하의 죽음을 당하게 된다.
　《시경》에,[5]

　　은(殷)이 민중을 잃지 않았을 적엔
　　상제와 짝이 될 수 있었도다.[6]
　　마땅히 은을 거울삼아 볼지어다.
　　높은 천명은 지니기 쉽지 않다.

라 하였다. 민중을 얻으면 나라를 얻게 되고, 민중을 잃으면 나라를 잃게 됨을 말한 것이다.

그러한 까닭에 군자는 먼저 덕에 조심하는 것이다. 덕이 있으면 그것에 따라 사람이 생기고, 사람이 있으면 그것에 따라 땅이 생기고, 땅이 있으면 그것에 따라 재물이 생긴다. 재물이 있으면 그것에 따라 용도가 생긴다.

덕은 근본되는 것이고 재물은 말단적인 것이다. 근본되는 것을 밖으로 돌리고 말단적인 것을 안으로 들이면 백성들을 서로 다투게 만들고 서로 빼앗는 짓을 하게 만든다.

그러한 까닭에 재물이 모이면 백성들이 흩어지고, 재물이 흩어지면 백성들이 모이는 것이다.

그러한 까닭에 말이 (남에게) 거슬리게 나가면 역시 (자기에게) 거슬리게 들어오고, 재물이 (남에게) 거슬리게 들어오면 역시 (자기에게) 거슬리게 나가는 것이다.

〈강고〉에,

천명은 일정하지 아니하다.

라 하였다. 선하면 얻고, 선하지 않으면 잃게 됨을 말한 것이다.

《초서》에, [7]

초나라에는 보배로 삼을 만한 것이 없다. 오직 선만을 보배로 삼을 뿐이다.

라 하였다.

구범(舅犯)[8]이,

"망명하고 있는 사람[9]에게는 보배로 삼을 만한 것이 없습니다. 인자하고 친애하게 구는 것을 보배로 삼습니다"

라고 말했다.

〈진서〉에,[10]

만약에 한 신하가 있어 꾸준하면서 다른 재주는 없으나, 그 마음이 너그러워서 남을 용납할 여유가 있고, 남의 기술 있는 것을 자기가 그 기술을 가진 것같이 하고, 남의 현성(賢聖)한 것을 자기 마음으로 좋아하는 것이 자기 입에서 나온 것보다 더하게 여긴다면, 이런 사람은 정말로 남을 용납할 수 있는 사람으로, 그를 가지고 내 자손과 서민들을 편안하게 해줄 수도 있고 또 유리할 것이다. 남의 기술 있는 것을 꺼리고 미워하며 그것을 싫어하고, 남의 현성한 것은 그것을 어겨서 통하지 못하게 한다면 그런 사람은 정말로 남을 용납하지 못하는 사람으로, 그런 사람을 가지고서는 내 자손과 서민들을 편안하게 해줄 수 없고 또 위태할 것이다.

라고 하였다. 오직 인자한 사람만이 그러한 악인[11]을 몰아내어 사방 미개족속의 틈으로 쫓아버리고 중국에서 같이 살지 않는다. 이것은 인자한 사람만이 남을 사랑할 수 있고 남을 미워할 수 있음을 말하는 것이다.

현량한 인재를 보고서도 등용하지 못하고, 등용하고서도 그를 앞에 내세워주지 못하는 것은 태만[12]이다. 나쁜 사람을 보고서도 물리치지 못하고, 물리치고서도 멀리하지 못하는 것은 잘못이다.

남이 싫어하는 것을 좋아하고, 남이 좋아하는 것을 싫어하는 것은 남의 성질을 거스르는 것이라고 하거니와, 재앙이 반드시 그 자신에게 닥쳐올 것이다.

이러한 까닭에 군자는 큰 길을 가는 것으로, 반드시 충실과 신용으로는 군자됨을 얻게 되고, 교만과 방자로는 군자됨을 상실하게 된다.[13]

재물을 늘리는 데는 훌륭한 방법이 있다. 그것을 늘리는 사람은 많고 그것을 소비하는 사람은 적고, 그것을 만드는 사람은 빠르고 그것을 쓰는 사람이 더디면 재물은 항시 넉넉할 것이다.

인자한 사람은 재물로 몸을 일으키고, 인자하지 않은 사람은 몸으로 재물을 일으킨다.[14]

윗사람이 인자함을 좋아하는데 아랫사람이 정의를 좋아하지 않은 일은 없었고, 정의를 좋아하는데 그가 하는 일이 끝을 맺지 않은 일은 없었고, 창고에 들어 있는 재물이 자기의 재물이 아닌 일은 없었다.[15]

맹헌자(孟獻子)[16]가 말하기를,

"말을 기르게 되면[17] 닭과 돼지는 살피지 않는 것이다. 얼음[18]을 채벌해 쓰는 집에서는 소와 양을 기르지 않는 것이다. 100승(乘)[19]의 집에서는 모아들이는 가신은 기르지 않는 것이다. 모아들이는 가신을 둘 지경이면 차라리 훔쳐내는 가신을 둘 것이다"

라고 하였다. 이것은 나라는 이익 자체를 이익으로 삼지 않고 정의를 이익으로 삼음을 말한 것이다.

나라나 집안의 장(長)이 되어서 재물을 모아 자기의 것으로 만드는 것에 힘쓰는 일은 반드시 소인의 의견에 따라서 그렇게 하는 것이다. 그들[20]이 그것을 잘하는 일이라 생각하여 소인을 시켜 나라나 집안을 다스리게 하면 온갖 재해가 동시에 몰려온다. 그렇게 되면 선한 사람이 있다 하더라도 역시 어떻게 해볼 수 없는 것이다. 이것은 나라는 이익 자체를 이익으로 삼지 않고 정의를 이익으로 삼음을 말한 것이다.

所謂平天下在治其國者는 上老老而民이 興孝하며 上長長而民이 興弟하며 上恤孤而民이 不倍하나니 是以로 君子有絜矩之道也니라

所惡於上으로 毋以使下하며 所惡於下로 毋以事上하며 所惡於前으로 毋以先後하며 所惡於後로 毋以從前하며 所惡於右로 毋以交於左하며 所惡於左로 毋以交於右니 此之謂絜矩之道니라

詩云 樂只君子여 民之父母라하니 民之所好니 好之하며 民之所惡을 惡之니 此之謂民之父母니라

詩云 節彼南山이여 維石巖巖이로다 赫赫師尹이여 民具爾瞻이라하니 有國者는 不可以不愼이니 辟則爲天下僇矣니라

詩云 殷之未喪師엔 克配上帝러니라 儀監于殷이어다 峻命不易라하니 道得衆則得國하고 失衆則失國이니라

是故로 君子는 先愼乎德이니 有德이면 此有人이요 有人이면 此有土요 有土면 此有財요 有財면 此有用이니라

德者는 本也요 財者는 末也니 外本內末이면 爭民施奪이니라

是故로 財聚則民散하고 財散則民聚니라

是故로 言悖而出者는 亦悖而入하고 貨悖而入者는 亦悖而出이니라

康誥에 曰 惟命은 不于常이라하니 道善則得之하고 不善則失之矣니라

楚書에 曰 楚國은 無以爲寶요 惟善을 以爲寶라하니라

舅犯曰 亡人은 無以爲寶요 仁親을 以爲寶라하니라

秦誓에 曰 若有一个臣이 斷斷兮無他技나 其心이 休休焉하여 其如有容焉이라 人之有技를 若己有之하며 人之彦聖을 其心好之하여 不啻若自其口出이면 寔能容之라 以能保我子孫黎民이니 尙亦有利哉인저 人之有技를 娼疾以惡之하며 人之彦聖을 而違之하여 俾不通이면 寔不能容이라 以不能保我子孫黎民이니 亦曰殆哉인저 唯仁人이야 放流之하되 迸諸四夷하여 不與同中國하나니 此謂唯仁人이야 爲能愛人하며 能惡人이니라

見賢而不能擧하며 擧而不能先은 命也요 見不善而不能退하며 退而不能遠은 過也니라

好人之所惡하며 惡人之所好를 是謂拂人之性이라 菑必逮夫身

이니라

　是故로 君子有大道하니 必忠信以得之하고 驕泰以失之니라

　生財有大道하니 生之者衆하고 食之者寡하며 爲之者疾하고 用
之者舒하면 則財恒足矣리라

　仁者는 以財發身하고 不仁者는 以身發財니라

　未有上好仁而下不好義者也니 未有好義요 其事不終者也며 未
有府庫財非其財者也니라

　孟獻子曰 畜馬乘은 不察於鷄豚하고 伐冰之家는 不畜牛羊하고
百乘之家는 不畜聚斂之臣하나니 與其有聚斂之臣으론 寧有盜臣이
라하니 此謂 國은 不以利爲利요 以義爲利也니라

　長國家而務財用者는 必自小人矣니 彼爲善之하여 小人之使爲
國家면 菑害竝至라 雖有善者라도 亦無如之何矣리니 此謂 國은
不以利爲利요 以義爲利也니라

　이상은 전의 10장이다. 나라를 다스리는 것과 천하를 화평
하게 하는 것을 풀이하였다. 전부해서 전은 10장이다. 앞의
4장에서는 강령의 취지를 총론하였고, 뒤의 6장에서는 조목
(條目)의 공부를 세세히 논하였다. 제5장은 선을 밝히는 요
령이고, 제6장은 몸을 성실하게 갖는 근본으로, 초학자에
있어서는 더욱 힘써야 할 긴급한 일이다. 독자는 다룬 것이
비근하다고 하여 소홀하게 여겨서는 안 된다.

　右는 傳之十章이니 釋治國平天下니라

　此章之義는 務在與民同好惡而不專其利하니 皆推廣絜矩之意也라 能如
是면 則親賢樂利가 各得其所하여 而天下平矣리라

凡傳十章에 前四章은 統論綱領指趣요 後六章은 細論條目工夫라 其第五章은 乃明善之要요 第六章은 乃誠身之本이니 在初學에 尤爲當務之急이니 讀者는 不可以其近而忽之也니라

1) '척도로 살펴보는 방법'은 '혈구지도(絜矩之道)'를 옮긴 말이다. 주희는 '絜'을 길이를 재는 기구, '矩'는 사각을 그리는 기구라 풀이하였다. 정현은 絜을 '結'자, '撃'자와 같은 뜻으로 취하고, '矩'를 법이라 풀이하였는데, 결국 법도를 잡고 행위하는 방법이다.

2) 윗사람이 자기에게 무례하게 굴어서 자기가 윗사람을 미워하기에 이른다면, 자기가 아랫사람을 부릴 때에는 그러한 무례한 짓을 아랫사람에게 하지 말라는 것이다. 하동(下同).

3) 소아 〈남산유대편(南山有臺篇)〉제3장 제4,5구.

4) 소아 〈절남산편(節南山篇)〉제1장 첫4구.

5) 대아 〈문왕편(文王篇)〉제6장 끝4구.

6) 천하를 다스리는 왕자로서 상제를 대할 수 있었다는 것이다.

7) 지금의 《국어》 초어(楚語)에는 초의 보물을 물은 데 대답하는 말이 나오나 이와 꼭 같지는 않다.

8) 구범은 진(晉) 문공의 장인 호언(狐偃).

9) '망명하고 있는 사람'은 진 문공. 문공은 참언(讒言)에 몰려 적(翟)에 망명하고 있었다. 이 말은 진 목공이 보낸 사신에게 호언이 문공을 대신하여 대답한 것이다.

10) 《서경》 주서(周書)의 편명. 진서(秦誓)의 글을 옮기는 데는 청유(淸儒) 왕념손(王念孫) 및 완원(阮元)의 설을 참고하였다.

11) 앞에 인용한 〈진서〉에서 말한 악인.

12) 원문은 '命'으로 되어 있다. 정현은 '慢'자라야 옳다고 하였고, 정자는 '怠'자라야 옳다고 하였다. 뜻은 두 설이 같다.

13) 이 단은 대체로 정현의 설을 취해서 옮긴 것이다.

14) 인자한 사람은 재물을 베풀어서 백성을 얻어 자신을 훌륭하게 만들고, 인자하지 않은 사람은 자신을 멸망시켜가며 재물을 늘린다는 것이다.

15) 정현은 창고에 들어 있는 재물이 자기의 재물 아닌 일이 없었던 것같이, 윗사람이 인자함을 좋아하면 아랫사람이 정의를 애호하고, 매사를 시종일관하게 처리해나가는 것은 틀림없는 일이라고 한 것이라고 풀이했다. 주희는 매사를 끝을 맺어나가므로 창고에 든 재물이 뜻에 거슬려서 나갈 근심이 없음을 말한 것이라고 보았다.

16) 맹헌자는 노나라의 현대부(賢大夫) 중손멸(仲孫蔑).

17) 사(士)가 갓 대부(大夫)가 되면 타고 다닐 말을 기른다. 그렇게 되면, 그보다 하급 사람들이 식산(殖産)하는 닭과 돼지는 그 사람들이 치고 살도록 자기는 관여하지 않는다는 것이다. 아래 소와 양도 같은 예다.

18) 경·대부 이상은 상사(喪事)·제례(祭禮)에 얼음을 쓴다.

19) 100승(乘)의 채지(采地)를 가진 귀성(貴盛)한 집에는 백성들한테서 재물을 거둬들이는 것을 능사로 하는 가신을 두지 않아야 한다는 것이다.

20) 나라나 집의 우두머리.

▨ 옮긴이 소개

서울대학교 중어중문학과 졸업, 문학사.
동 대학원 수료, 문학석사, 문학박사.
서울대학교 중어중문학과 교수, 한국중어중문학회 회장 역임.
현재 서울대학교 명예교수, 단국대학교 대학원 교수,
대한민국학술원 부회장.
저서 : 《중국시론》《한국도교사상 연구》《고려 당악의 연구》 등
역서 : 《동양의 지혜》《중국문화사도론》 등이 있음.

중용 · 대학

초판 1쇄 발행 / 1995년 1월 25일
 2판 1쇄 발행 / 2002년 7월 15일
 3판 1쇄 발행 / 2009년 11월 25일
 3판 2쇄 발행 / 2012년 10월 5일
 4판 1쇄 발행 / 2017년 9월 20일

옮긴이 / 차 주 환
펴낸이 / 윤 형 두
펴낸데 / 범 우 사

등록번호 / 제406-2003-000048호
등록일자 / 1966년 8월 3일
주소 / 10881 경기도 파주시 광인사길 9-13 (문발동 525-2)
전화 / 대표 031-955-6900~4, 팩스 / 031-955-6905

* 잘못된 책은 바꾸어 드립니다.   교정 · 편집 : 박행의 · 서현주
ISBN 978-89-08-06130-9 04150 (인터넷)www.bumwoosa.co.kr
       978-89-08-06000-5 (세트) (이메일)bumwoosa@chol.com

▶ 계속 펴냅니다

「사르비아 총서」는 하루 아침에 만들어진 것이 아닙니다

1977~2009

'범우 사르비아문고'에서 편집체제와 판형 및 내용을 대폭 개선한 '사르비아총서'까지
독자 여러분의 사랑을 받아온 지도 30년이 되었습니다.
앞으로도 '사르비아총서'는 독자여러분의 사랑과 성원 속에
'일반교양도서' 시리즈로 확고히 자리매김하여 선구자적인 역할을 다할 것입니다.

한국문학 (시·수필)

401 **효孝** 피천득 외 31인 지음
402 **김소월 시집** 김소월 지음
403 **역사를 빛낸 한국의 여성** 안춘근 엮음
404 **독서의 지식** 안춘근 지음
405 **윤동주 시집** 윤동주 지음
406 **한시가 있는 에세이** 정진권 지음
407 **이육사의 시와 산문** 이육사 지음
408 **님의 침묵** 한용운 지음
409 **옛시가 있는 에세이** 정진권 지음
410 **한국의 옛시조** 이상보 지음
411 **시조에 깃든 우리 얼** 최승범 지음
412 **한국고전 수필선** 정진권 지음
413 **환경에세이—병든 바다 병든 지구** 김지하(외) 지음
414 **에세이 중국고전** 정진권 지음
415 **한국 한시선** 정진권 지음
416 **김영랑 시집** 김영랑 지음

동양문학

501 **아큐정전(외)** 루쉰 지음/허세욱 옮김
502 **삼국지(상)** 나관중 지음/최 현 옮김
503 **삼국지(중)** 나관중 지음/최 현 옮김
504 **삼국지(하)** 나관중 지음/최 현 옮김
505 **설국·천우학** 가와바타 야스나리 지음/김진욱 옮김
506 **법구경 입문** 마츠바라 타이도 지음/박혜경 옮김
507 **채근담** 홍자성 지음/최 현 옮김
508 **수호지(상)** 시내암 지음/최 현 옮김
509 **수호지(중)** 시내암 지음/최 현 옮김
510 **수호지(하)** 시내암 지음/최 현 옮김
511 **천자문** 주흥사 지음/안춘근 엮음

서양문학

601 **인간의 대지·젊은이의 편지** 생 텍쥐페리 지음/조규철·이정림 공역
602 **기탄잘리** 타고르 지음/김양식 옮김
603 **외투·코·초상화** 고골리 지음/김영국 옮김
604 **맥베스·리어왕** 셰익스피어 지음/김진욱 옮김
605 **로미오와 줄리엣(외)** 셰익스피어 지음/양은숙 옮김
606 **어린 왕자(외)** 생 텍쥐페리 지음/이정림 옮김
607 **예언자·영가** 칼릴 지브란 지음/유제하(외) 옮김
608 **서머셋 몸 단편선** 서머셋 몸 지음/이호성 옮김
609 **토마스 만 단편선** 토마스 만 지음/지명렬 옮김
610 **이방인·전락** A.카뮈 지음/이정림 옮김
611 **노인과 바다(외)** 헤밍웨이 지음/김회진 옮김
612 **주홍글씨** N.호손 지음/이장환 옮김
613 **포 단편선** 에드거 A.포 지음/김병철 옮김
614 **명상록** M.아우렐리우스 지음/최 현 옮김
615 **잔잔한 가슴에 파문이 일때(외)** 루이제 린저 지음/홍경호 옮김
616 **싯다르타** 헤르만 헤세 지음/홍경호 옮김
617 **킬리만자로의 눈(외)** 헤밍웨이 지음/오미애 옮김
618 **별·마지막 수업(외)** 알퐁스 도데 지음/정봉구 옮김
619 **젊은 시인에게 보내는 편지** R.M.릴케 지음/홍경호 옮김

620 **니체의 고독한 방황** 니체 지음/최혁순 옮김
621 **이상한 나라의 앨리스** 루이스 캐롤 지음/김성렬 옮김
622 **헤세의 명언** 헤르만 헤세 지음/최혁순 옮김
623 **인간의 역사** M.일리인(외) 지음/이순권 옮김
624 **사람은 무엇으로 사는가(외)** 톨스토이 지음/김진욱 옮김
625 **좁은 문** 앙드레 지드 지음/이정림 옮김
626 **대지** 펄 벅 지음/최 현 옮김
627 **야간비행(외)** 생 텍쥐페리 지음/조규철·전채린 옮김
628 **여자의 일생** 모파상 지음/이정림 옮김
629 **그리스·로마 신화** 토마스 불핀치 지음/최혁순 옮김
630 **위대한 개츠비** 스콧 피츠제럴드 지음/송관식 옮김
631 **젊은이의 변모** 한스 카로사 지음/박환덕 옮김
632 **마지막 잎새(외)** O.헨리 지음/송관식 옮김
633 **어떤 미소** F.사강 지음/정봉구 옮김
634 **수레바퀴 아래서** 헤르만 헤세 지음/박환덕 옮김
635 **슬픔이여 안녕** F.사강 지음/이정림 옮김
636 **마음의 파수꾼** F.사강 지음/방 곤 옮김
637 **모파상 단편선** 모파상 지음/이정림 옮김
638 **데미안** 헤르만 헤세 지음/박환덕 옮김
639 **독일인의 사랑** 막스 뮐러 지음/홍경호 옮김
640 **젊은 베르테르의 슬픔** 괴테 지음/지명렬 옮김
641 **늪텃집 처녀(외)** 라겔뢰프 지음/홍경호 옮김
642 **갈매기의 꿈(외)** 리처드 바크 지음/김진욱·양은숙 옮김
643 **폭풍의 언덕** E.브론테 지음/윤삼하 옮김
644 **모모(상)** 미하엘 엔데 지음/서석연 옮김
645 **모모(하)** 미하엘 엔데 지음/서석연 옮김
646 **북경에서 온 편지** 펄 벅 지음/김성렬 옮김
647 **페이터의 산문** 페이터 지음/이성호 옮김
648 **아름다워라 청춘이여** 헤르만 헤세 지음/박환덕 옮김
649 **호반·황태자의 첫사랑** 슈토름(외) 지음/홍경호 옮김
650 **첫사랑·짝사랑** 투르게네프/이철 옮김
651 **가든 파티** 맨스필드/김회진 옮김
652 **체호프 단편선** A.체호프/박형규 옮김

역사·철학·기타

701 **철학 사상 이야기(상)** 현대사상연구회 엮음
702 **철학 사상 이야기(하)** 현대사상연구회 엮음
703 **사랑의 기술** 에리히 프롬 지음/정성호 옮김
704 **탈무드** 마빈 토케이어 지음/정진태 옮김
705 **문장강화** 이태준 지음

각권 값 6,000원

溫故知新으로 21세기를!

범우사
www.bumwoosa.co.kr
Tel 031)955-6900 · Fax 031)955-6905
● 변형국판 · 전 145권 / 전국 서점에서 낱권으로 판매합니다

범우비평판 한국문학

잊혀진 작가의 복원과 묻혀진 작품을 발굴, 근대 이후 100년간 민족정신사적으로
재평가한 문학·예술·종교·사회사상 등 인문·사회과학 자료의 보고 — 임헌영(한국문학평론가협회 회장)

범우 셰익스피어 작품선

범우비평판세계문학선 3-①②③④

셰익스피어 4대 비극

W. 셰익스피어 지음/이태주 옮김
크라운 변형판 · 값 10,000원 · 544쪽

우리에게 너무도 잘 알려진 〈햄릿〉〈맥베스〉〈리어왕〉〈오셀로〉 등 비극 4편을 싣고 있으며, 셰익스피어의 비극세계와 그의 성장과 정·극작가로서 그가 차지하는 문학사적 지위 등을 부록(해설)으로 다루었다.

셰익스피어 4대 희극

W. 셰익스피어 지음/이태주 옮김
크라운 변형판 · 값 10,000원 · 448쪽

영국이 낳은 세계최고의 시인이요 극작가인 셰익스피어의 희극 4편을 실었다. 〈베니스의 상인〉〈로미오와 줄리엣〉〈한여름밤의 꿈〉〈당신이 좋으실 대로〉 등을 통하여 우리의 영원한 세계문화 유산인 셰익스피어를 가까이 만날 수 있을 것이다.

셰익스피어 4대 사극

W. 셰익스피어 지음/이태주 옮김
크라운 변형판 · 값 10,000원 · 512쪽

셰익스피어 사극은 14세기 말에서 15세기 말에 이르기까지 영국사의 정권투쟁을 다루고 있다. 여기에는 〈헨리 4세 1부, 2부〉〈헨리 5세〉〈리차드 3세〉를 수록하였는데 셰익스피어는 이러한 역사극을 통해 세계인들에게 이상적인 군주의 모습이 어떤 것인지를 잘 보여주고 있다.

셰익스피어 명언집

W. 셰익스피어 지음/이태주 편역
크라운 변형판 · 값 10,000원 · 384쪽

이 책은 그의 명언만을 집대성한 것으로 인간의 사랑과 야망, 증오, 행복과 운명, 기쁨과 분노, 우정과 성(性), 처세의 지혜 등에 관한, 명구들이 일목요연하게 엮어져 있다.

범우사

범우학술·평론·예술

독서의 기술 모티머 J./민병덕 옮김
한자 디자인 한편집센터 엮음
한국 정치론 장을병
여론 선전론 이상철
전환기의 한국정치 장을병
사뮤엘슨 경제학 해설 김유송
현대 화학의 세계 일본화학회 엮음
신저작권법 축조개설 허희성
방송저널리즘 신현응
독서와 출판문화론 이정춘·이종국 편저
잡지출판론 안춘근
인쇄커뮤니케이션 입문 오경호 편저
출판물 유통론 윤형두
통합적 마케팅 커뮤니케이션 김광수(외) 옮김
'83~'97 출판학 연구 한국출판학회
자아커뮤니케이션 최창섭
현대신문방송보도론 팽원순
국제출판개발론 미노와/안춘근 옮김
민족문학의 모색 윤병로
변혁운동과 문학 임헌영
조선사회경제사 백남운
한국정치의 이해 장을병
조선경제사 탐구 전석담(외)
한국전적인쇄사 천혜봉
한국서지학원론 안춘근
현대매스커뮤니케이션의 제문제 이강수
한국상고사연구 김정학
중국현대문학발전사 황수기
광복전후사의 재인식 Ⅰ, Ⅱ 이현희
한국의 고지도 이 찬
하나되는 한국사 고준환
조선후기의 활자와 책 윤병태
신한국사의 탐구 김용덕
독립운동사의 제문제 윤병석(외)
한국현실 한국사회학 한완상

아동문학교육론 B. 화이트헤드
한국의 청동기문화 국립중앙박물관
겸재정선 진경산수화 최완수
한국 서지의 전개과정 안춘근
독일 현대작가와 문학이론 박환덕(외)
정도 600년 서울지도 허영환
신선사상과 도교 도광순(한국도교학회)
언론학 원론 한국언론학회 편
한국방송사 이범경
카프카문학연구 박환덕
한국민족운동사 김창수
비교텔레콤論 질힐/금동호 옮김
북한산 역사지리 김윤우
한국회화소사 이동주
출판학원론 범우사 편집부
한국과거제도사 연구 조좌호
독문학과 현대성 정규화교수간행위원회편
겸재진경산수 최완수
한국미술사대요 김용준
한국목활자본 천혜봉
한국금속활자본 천혜봉
한국기독교 청년운동사 전택부
한시로 엮은 한국사 기행 심경호
출판물 판매기술 윤형두
우루과이라운드와 한국의 미래 허신행
기사 취재에서 작성까지 김숙현
세계의 문자 세계문자연구회/김승일 옮김
불조직지심체요절 백운선사/박문열 옮김
임시정부와 이시영 이은우
매스미디어와 여성 김선남
눈으로 보는 책의 역사 안춘근·윤형두 편저
현대노어학 개론 조남신
교양 언론학 강좌 최창섭(외)
통합 데이타베이스 마케팅 시스템 김정수
문화간 커뮤니케이션의 이해 최윤희·김숙현

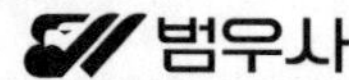